JN036864

悪役令嬢、生存の鍵は最凶お義兄様のヤンデレパワーです

日車メレ

Illustration
赤羽チカ

悪役令嬢、生存の鍵は最凶お義兄様のヤンデレパワーです

Contents

イラスト／赤羽チカ

MOON DROPS

第一章　エリカ・オブシディアンと闇が深い義兄

「エリカ。もう終わりにしよう。……大丈夫だ、世界のすべてが君を疎んでも、私だけはずっと君を愛し続ける。肉体を失おうが、永遠に。……だから、一緒に逝（い）こう……」

　黒髪に金色の瞳の青年が、燃えさかる炎を背後にし、妹へ手を差し伸べる。

「……そうね……お兄様と一緒なら怖くはないわ。これが最後のお願い。私の手を離さないで……」

　青年の妹――エリカはどこか吹っ切れた表情でほほえみ、兄の手を取った。

「あぁ、離さない……。私だけはおまえのそばにあり続ける。ハハッ、こんなことでしか呪われた黒き血から解放されないなんて、な……」

「でも私……、もし生まれ変われるのなら……来世も、お兄様と同じ漆黒（しっこく）の髪が――」

　ガシャンという音を立てて天井のガラスが割れる。破片が美しく残酷に輝いて二人の頭上に降り注ぐ。外気が入り込んだせいで、一気に炎の勢いが増した。

　二人は見つめ合い、抱き合ったまま緋色（ひいろ）の炎に呑（の）み込まれていった。

◇　◇　◇

オブシディアン公爵家の養女であるエリカは、十五歳の誕生日を迎えたばかりだ。

ある日、兄からこのアズライト王国や闇公爵家と呼ばれている一族の歴史を教わっていると、突如頭の中にそんな漫画の一コマが浮かんだ。

エリカは日本からこの世界にやってきた『迷い人』だ。

日本での名前は石黒英莉花（いしぐろえりか）。そして異世界に迷い込んでからはエリカ・オブシディアンと名乗っている。

隣にいるのは六歳上の義兄でダリルという名だ。彼は濡（ぬ）れ羽色の髪に神秘的な金色の瞳を持つ見目麗しい青年だった。

そして二人の名は、日本にいた頃に読んだ漫画『あなたに一粒の真珠を』（著・神崎綾女（かんざきあやめ））に登場する悪役兄妹と同じだった。

「悪役の名字なんて……すぐには思い出せないわよ……」

思わず声に出すと、ダリルが訝（いぶか）しげな顔をした。

「どうしたんだ。具合でも悪いなら今日はここまでにしようか？」

ダリルが手を伸ばし、エリカの額に触れた。

「いいえ！　私はもっとオブシディアン公爵家のことを知りたいです」

エリカは兄の手をそっとどかしてから歴史書を食い入るように見つめた。

家名の一致は偶然であり、漫画の世界に入り込むなんてことはありえないという確証がほしかったのだ。

「ええっと、闇公爵家と呼ばれるようになった理由は……」

強い力を持ち、それを国のために役立てているのに悪い印象を与えそうな呼称で呼ばれている理由を確認したくて、彼女はページをめくる。

やはり既視感があった。どれも漫画の中で語られていた内容そのままだ。

(ここは異世界、というより漫画の世界だったの……？　よりにもよって破滅が確定している悪役になってしまうなんて……)

この世界に迷い込んだ当初、エリカは恐ろしい目に遭った。せっかくダリルのおかげで安定した生活が送れるようになったというのに、こんな運命は悲しすぎる。

「キャァッ！」

突然、歴史書が黒い炎を上げながら燃え出した。けれどまったく熱くはない。一瞬にして灰になったのは本だけで、ページをめくっていたはずのエリカに燃え移ることはなかった。こんなことができるのは、ダリルだけだ。

「お兄様⁉」

エリカは、抗議のつもりで兄に視線を向けた。

「おまえにそんな顔をさせてしまう歴史ならいらない……。それに、熱心に読まなくても本に書かれていた程度の内容なら、私がそらんじてやろう」

エリカが歴史書を読むことに夢中になっていたのが、彼にとっては気に入らなかったらしい。

ダリルは、同じ髪の色を持つエリカを溺愛している。それはもう、妹のためなら国を滅ぼしかねないほどの偏愛だ。

すぐに引き寄せられて、膝の上に乗せられてしまう。

（あ、……これ……だめだ。お兄様のヤンデレパワーがすごすぎる……）

歴史を調べるまでもなく、まずダリルの倫理観が欠如していて、それは漫画に登場する敵役そのものだった。

「お兄様……」

これまでの付き合いで、こうなったらダリルのしたいようにさせておくしかないとわかっていた。ダリルはエリカのまっすぐな黒髪が気に入っていて暇さえあれば撫(な)でていたいらしい。

「……大丈夫。我が一族がどれほど嫌われていようが、君が嘆く必要はない。私にとっては国を滅ぼすことすら造作もないのだから」

まるで思考を読まれているみたいだった。ダリルは、エリカが抱く兄に対する懸念が大げさではないのだと証明してくれた。

「それはちょっと……」

破滅一直線としか思えない発言に、エリカは恐れおののく。

「そうか？　君は優しいな」

ダリルは恐ろしい人ではあるが、エリカにとっては命の恩人であり優しい兄でもある。

家族以外の人間を虫けら程度にしか思っていない残忍な性格だとしても、それには理由がある。ほかの人間のほうが、オブシディアン公爵家の者を同じ人間として扱わないのだ。

「お兄様は私を守ってくれるとおっしゃいますが、私だってお兄様を守ります。……この世界に迷い込んだのは、きっとお兄様のためです」

「嬉（うれ）しいことを言ってくれる」

もし、石黒英莉花がエリカ・オブシディアンになったことに理由があるのだとしたら、それはダリルを破滅から救うためではないのだろうか。

エリカは、自分のため、そしてダリルのために精一杯足掻（あが）こうと決めた。

エリカが異世界に迷い込んだのは中学二年生――十四歳の誕生日を過ぎたばかりの頃だった。日曜日の昼下がり、祖母に宛てて書いた手紙に八十四円切手を貼ってポストまで出しに行く途中だった。

突然地面が歪（ゆが）んで、どこかに落ちる感覚がしたあと、景色が一変した。

気がつけば、建物と建物の隙間にある裏路地のような場所に尻もちをついていた。明るいほうへ向けて恐る恐る歩き出すと、日本とは違う場所にいることだけはわかった。

商店が建ち並ぶ通りはテレビで見たヨーロッパの町並みに似ていた。道はアスファルトではなく石畳で、ぼこぼこしていて歩きづらい。

「ここ……どこ？」

エリカは羽織っていたパーカーのポケットを探るが、入っていたのは自宅の鍵と出す予定だった手紙のみだった。すぐそばのポストまで行くだけのつもりだったから、財布もスマートフォンも持っていない。

通りを歩く人々の言葉は、日本語でも英語でもない、フランス語でもない気がした。

「あの……すみません」

言葉が通じない予想はついたが、せめて交番のような場所に連れて行ってくれないだろうかと期待して、エリカは道行く人に声をかけた。

相手はドレスを着た貴婦人とステッキを持った紳士だ。彼らはエリカと目が合うと、後ずさりをしてあからさまに顔を背けた。

（私って、どこか変なの？）

ジーンズとパーカーという服装がここでは馴染まないのは予想できる。けれど、服装がおかしい程度でこんなふうに避けられるものなのだろうか。エリカはめげずに、今度は同世代の少年に声をかけた。

少年はエリカに向けて指を差し、なにかを叫ぶ。その声を聞いた何人かが集まってくる。

瞳に宿るのは恐れや侮蔑（ぶべつ）といった負の感情だ。

（怖いのは……私のほうなのに……！）

エリカは一歩、二歩と後ろに下がり、踵（きびす）を返す。大声を張り上げる者たちから逃れるために、ひとけのない裏路地に戻るしかなかった。

エリカは誰もいない場所までやってきてから、行き止まりに置かれていた木箱の陰に身を隠し、うずくまった。

突然、日本ではないどこかに来てしまったということだけはわかるが、どうしたらいいのか見当もつかない。

そのまま一時間以上じっとしていると、複数の足音が聞こえた。人の気配は近づいたり、遠ざかったりしている。

（もしかして、私を探しているの？）

エリカが隠れているのは袋小路になっている場所だ。逃げたいと思っても、出ていった先にどんな人間が待ち受けているのかわからないから、足が動かない。

見つかるまでに時間はかからなかった。

「警察……みたいな人……？」

やがて姿を見せたのは三人の男性だった。

えんじ色の制服に身を包み、なにか棒（ぼう）のようなものをぶら下げている。警察か軍人か、そういう人たちだと予想できた。

彼らはエリカを見つけると、腰にぶら下げていた棒を手にし、近づいてくる。言葉はまったくわからなくても、この人たちが敵であることだけは十分にわかった。

「知らない国で、話も聞いてもらえないなら……どうしようもないじゃない」

ポロポロと涙を流しながら、エリカは小さくなって身を震わせた。

一人に棒で威嚇され、もう一人が縄を手にして近づいてくる。無理矢理腕を摑まれて、エリカは拘束されてしまった。

三人目の男に立ち上がるように促され、よろよろと従う。震えて歩けずにいると、後ろから背中を蹴られた。

「うぅっ！」

あまりの衝撃で、エリカは地面に倒れ込む。すると縄を持っていた男がそれを引っ張って、引きずろうとした。

腕が抜けてしまいそうに痛くて、エリカはどうにか身を起こす。自分が犯罪者として捕らえられたという予想だけはできていて、これ以上この人たちを怒らせないようにしなければということしか考えられなかった。

やがて、人通りのある道までやってきた。警察か軍人かに連行されている少女の姿は異様だったのだろう。すぐに人だかりができはじめる。

野次馬となった人々は、エリカを罵倒している。目を合わせるのが怖くて俯き、縄で引っ張られるままに歩き続けた。

急に前を歩く制服の男が足を止めた。

エリカが顔を上げると、進行方向に黒髪に黒い服を着た青年が立っているのが見えた。

青年は制服の男たちを叱責しているようだった。

そしてゆっくりとエリカに近づいてくる。

全身黒ずくめで、金色の瞳――しなやかな黒豹みたいな人だった。年齢は二十歳前後でスラリと背が高く、はっきりした印象の顔立ちをしている。まとう服は上等で、レッドカーペットを歩く映画俳優のようだった。

彼はエリカの目の前までやってきて、腰を落とし、なにか話しかけてきた。この見知らぬ町に迷い込んでからはじめて悪意以外の感情を向けてくれる人に会えたのだとわかり、余計に涙がこぼれた。

状況を説明したいのに、やはり言葉がわからなくて、エリカはなにも言えずにいた。

すると青年が手を伸ばし、エリカの額にそっと触れた。

「――『翻訳』の魔法を使った。私の言っていることがわかるか？」

青年は、それまでと変わらずに異国の言葉を話しているのに、エリカの頭の中には日本語が響くという不思議な現象が起こった。

「はい……」

「君は、ここことは別の世界から来たのではないか？」

急に知らない場所にやってきて、言葉も常識も通じない。そして魔法という不思議な力

が存在している。エリカは、彼から問われてようやくここが地球ではないのだと実感した。

「そ……そうだと思います。さっきまで家の近くにいたのに、急に知らない場所に落ちたみたいなんです。私、なにもしていないのに、捕まって……蹴られて……」

青年は頷き、きつく腕を縛っていた縄を解いてくれた。そしてエリカを引き寄せて、制服の男たちの前に立ちはだかった。

「黒い髪の子供が現れたというから急いで駆けつけてみたのだが……民を守るべき軍人が罪なき者に襲いかかるとは……世も末だ」

エリカに対する柔らかい声色が嘘のように、制服の男たち――軍人に対しては厳しい口調だった。

「我々には、この子供が厄災をもたらす者かどうかを確認する義務があります！」

軍人も反論する。けれどエリカに対する横柄な態度との違いから、黒髪の青年のほうが身分が高く、強気に出られない様子が伝わってくる。

「かつて災いをもたらした者は黒い髪に金色の瞳。この子の瞳の色は違うだろう。――まずはこの私に剣を向けてみればどうだ？　黒髪というだけで暴行を働いてもいいというのが、この国の法なのだろう？」

「それは……！　その……」

軍人は口ごもる。

黒と金というのは、青年の見た目そのものだった。エリカはきっと髪の色で差別を受けたのだ。そしてどうやら、軍人たちの言う厄災をもたらす者と目の前の青年にはなにか繋(つな)がりがありそうだった。

「奇妙な服装、通じない言葉……。異世界からの迷い人は保護する決まりになっているはずだ。この子は私が預かろう」

「困ります！　この子供が仮に迷い人であれば公的機関が管理せねばなりません」

「愚かな。貴様らが適切に保護をしていないから言っているんだろう？　……この場で消し炭になりたくないのなら、正式な書類を揃(そろ)えて闇公爵家に抗議するがいい。こちらも受けて立とう」

　青年の周囲に黒い霧のようなものが立ち込める。

　それを見た軍人たちが恐れおののき、手にしていた棒を腰に戻す。不満そうではあるものの、黒髪の青年に対し敬礼をしてからそそくさと去っていく。

「もう大丈夫だ」

　青年はエリカの肩を優しく抱きながら歩き出した。

　しばらくすると黒塗りの馬車が停まっているのが見えた。

　牽引するのは、こちらも艶のある黒い毛並みの馬だった。けれど普通の馬ではない。瞳だけルビーのように赤く、しかもたてがみが静電気でも帯びているかのようにふわふわと揺らめいている。

「……おいで。どうしたんだ？　同じ黒髪でもやはり厄災の一族(ほんもの)は怖いか？」

エリカは少しだけ冷静になり考えてみた。

厄災の一族だと青年は言っているし、そもそも知らない人についていってはいけないというのは常識だ。けれど、彼から離れたら黒髪というだけで迫害され、また捕まってしまうのは明白だった。

彼がどんな人だとしても、あの町の人々や軍人たちよりもエリカにとってはいい人であることは間違いない。彼に頼る以外、まともな選択肢が見つからないとすら思えた。

だから首を横に振って、青年に続き馬車に乗り込んだ。

馬車の中は豪華だった。ビロードのような素材が張られた座席で、足元にはふかふかの絨毯（じゅうたん）が敷かれている。

地面にうずくまったり、転ばされたりしたために、エリカの服は泥だらけだ。汚してしまうのを恐れいつまでも立ったままでいると、青年が首を傾げた。

「座ったらどうだ？」

「あの！　……私、とても汚いから……馬車が汚れてしまうかもしれないので座れません」

「確かに、馬車を掃除するのは大変かもしれない。ならば私の上着を下に敷くといい。こちらはすぐに洗えるから遠慮はいらない」

青年はサッと上着を脱ぐと向かいの座席に広げた。上着はとても高そうで、それでもエリカは躊躇（ちゅうちょ）してしまう。すると青年は困った顔をしながらそっとエリカの肩に手をあてて、軽く力を込めた。

「お兄さん、ご親切にありがとうございます」

　エリカは席に座ってから頭を下げた。

「お兄さん……か。兄と呼ばれたのははじめてだ……」

　金色の瞳がじっとエリカを見つめている。怒っている様子ではないが、なにか失礼をしてしまったのではないかと不安になった。

「ごめんなさい。お名前を知らないから。……あ！　私はエリカと言います。イシグロ・エリカ、エリカが名前です。日本という国から来て、年齢は十四歳です」

　人に名前をたずねるのなら、まず自分から名乗るべき。エリカはそう考えて自己紹介をした。

「エリカというのか。可愛らしい名だ。……私の名前はダリル・オブシディアンという。一応オブシディアン公爵家の当主だ」

「公爵……？　ダリル、様」

『翻訳』の魔法を介しているため、公爵という地位がエリカの認識と完全に一致しているかは不明である。けれど、特権階級の人だということはわかった。

　だからエリカはとりあえず「様」をつけて彼の名を呼んでみた。

「そう……。理解できないかもしれないが、この国では黒い髪が忌み嫌われている。力でねじ伏せればいいだけの話なのだが、君にはそれができないだろう？　我が公爵家が保護しよう」

「え、ええっと……ご親切にどうもありがとうございます」

なぜ見ず知らずの人間を助けてくれるのか疑問に思いながらエリカがそう言うと、ダリルはわずかに頬を染めてはにかんだ。軍人たちと対峙していたときは他者を寄せつけない独特な雰囲気があったが、エリカに対してはとにかく親切だ。

「君が不当な扱いを受ける原因は、我が血族——数百年前の先祖のせいだ。だから遠慮なく頼ってくれ」

「血族……ご先祖様のせい？　だったらダリル様が責任を取るのはおかしいと思います」

エリカの常識では、罪はあくまで個人のものだ。この国の法では、罪人と血縁にあるというだけで罰を受けるのだろうかとエリカは考えてみた。

けれどダリルは公的な機関に所属する軍人に意見ができるほど、社会的身分の高い人だ。なんだか矛盾している気がした。

「十四の子供でもわかる道理を理解しない者が多いということだろう」

彼は自嘲気味に笑った。

やがて馬車が走り出す。いったい誰が馬を操っているのだろうか。

「……運転！　……ええっと、馬を操る人……？　なんて言うんだっけ……」

「あぁ、御者のことか。うちの馬は賢いから私が魔力で指示を出せばそのとおりに動いてくれる」

たてがみが揺らめく不思議な馬とダリルの魔法。それはまるでゲームや漫画の世界のよ

「魔法って私も使えるようになるのでしょうか？」

「どうだろうか？　迷い人については専門外だ。近いうちに文献を漁ってみよう」

ダリルはエリカがなにか質問するたびに丁寧に答えてくれる。突然異世界に飛ばされてしまい右も左もわからないエリカにとって、頼もしい存在だった。

悪意には悪意を返し、好意には何倍もの好意を返してくれる——それがエリカの出会ったダリル・オブシディアンという青年だ。

そして、馬車に乗りたどり着いたのは大きな屋敷だった。煌びやかというより荘厳という印象で、重々しい雰囲気に圧倒されたエリカは思わずダリルの背中に隠れ服をギュッと摑んだ。

そのまま広々としたエントランスホールへと進む。

「ダリル、その子はいったい……？」

慌てた様子で二人の人物が姿を見せた。一人は黒髪に口ひげをはやした紳士で、もう一人は同じく黒髪の貴婦人だった。ダリルもそうだが、この二人も服装まで黒である。

「ああ、父上に母上。ただいま戻りました。……黒髪の子供が町をさまよっていたという情報を得て、保護しました。どうやら我が血族ではなく、異世界からの迷い人だったようです」

「迷い人、そうか……」

いつまでもダリルの背中に隠れているわけにはいかないと思い、エリカはダリルの横に歩み出た。

「黒髪というだけで暴力を振られ、軍に連行されるところでした。一人で生きていけるはずもないので、公爵家で預かるつもりです」

ダリルの母があからさまに不機嫌な顔をした。子供を引き取るというのは一大事だから勝手に決めてしまったことに憤っているのだろうか。

「暴力ですって⁉ 疑惑というだけで私刑にしていいのならば、法も公的な組織もいらないわね……。潰しに行こうかしら？ ええ、そうしましょう」

ずんずん、と外に飛び出す勢いの彼女を夫が羽交い締めにして引き留める。

「まぁまぁ、グロリア……。軍を潰したら、責任を取らされて私たちの仕事が増えるかもしれないじゃないか。ここは穏便に、脅しだけにしておこう」

ダリルの母――グロリアは夫の説得に応じて、ひとまずこのまま軍に乗り込むことは思いとどまってくれた。

「安心しろ。母は過激だが、父は温和な常識人だから」

ダリルは自信満々で片目をつむってみせた。

「……はい」

軍を潰すという発言に比べたら、ダリルの父の「脅しだけ」は温和なのだろうか。どこかずれている家族だとエリカは思った。

「軍への対応はダリルに任せるとして、早くその子を紹介してちょうだい」

ダリルが、二人にも『翻訳』をかけた。すでに魔法をかけてもらっているエリカは皆の言っている言葉を理解できるが、エリカの発している言葉は日本語のままだから、聞く者にも同じ魔法をかける必要があるのだ。

結局、ここに住まわせるという重要な部分には誰もツッコミを入れないまま、どんどんと話は進む。

「……あの、日本という国から来ました。イシグロ・エリカです。エリカと呼んでください」

「歓迎するわ、エリカちゃん……。わたくしはグロリア、こちらは夫のジェームズよ」

「なんでも頼ってくれていいぞ、エリカちゃん」

グロリアは艶のある黒髪を結っているスラリとした印象の美女で、ややきつい顔立ちをしている。つい先ほどまで鬼気迫る形相だったので第一印象は怖かったというのが正直なエリカの気持ちだ。けれどエリカのために怒ってくれたのだと思うと、嬉しかった。

ジェームズはダリルが言うように、温和な紳士という印象だ。

エントランスホールでの挨拶が終わると、エリカはグロリアに連れられて、浴室に案内された。軍人に蹴られた背中は痣になってしまったが、骨に異常はなさそうだ。転んだときに擦り傷ができたため、浴槽に浸かると少しだけしみた。

入浴を終えると、用意されていたネグリジェのようなものとガウンを羽織った。ネグリジェは白いシンプルなものだったが、丈が長かった。エリカの身長が百五十センチなのに対しグロリアが百七十センチ程度あるせいだろう。合わせるガウンはダークグレーの花柄で、この家の者は徹底して黒っぽい色が好きなのだと察せられた。

「エリカちゃん、入ってもいいかしら？」

ノックと同時に声がかけられる。

「はい、どうぞ」

カチャリと音がしてグロリアが脱衣室に入ってくる。

「まぁ、全然サイズが合っていないわ！　できるだけ早くエリカちゃんの服を用意しましょうね」

「ごめんなさい。ご迷惑ばかりかけてしまって」

「いいのよ、あなたは迷子なのだから。ほら、髪を乾かしてあげるわ」

グロリアに促され、エリカは鏡台の前の椅子に座った。グロリアはブラシを手にして背後に立つ。彼女が手をかざすと、エリカの髪の周辺で風が巻き起こった。

道具もないのに、ドライヤーのような温かい風がエリカの髪を乾かしてくれる。風はかざしたグロリアの手のあたりから発生していた。

「エリカちゃんの髪は漆黒ね」

「漆黒……？　公爵家の皆さんの髪のほうが私よりもっと真っ黒ですよ」

エリカの髪は確かに日本人の中でも黒いほうだが、ダリルやグロリアと比べると純粋な黒ではないように見えた。

「わたくしたちと同じ黒は嫌？」

「いいえ！　私の国では黒が悪いなんて言う人はいなくて……。綺麗な黒髪はほめ言葉なんです。私もお手入れに気をつけていて、だから嫌だなんて思いません」

エリカが強く主張すると、グロリアはまなじりを下げた。ダリルと少し似ていて、同性でもドキリとするほど魅力的な笑みだった。

「まっすぐな黒髪を持っているのはきっとこの国であなただけよ。本当に美しいわ」

ほめられると気恥ずかしくて、こそばゆい。エリカはなにも言えずに頬を赤らめることしかできなかった。

髪が乾くとグロリアが屋敷の中を案内してくれた。途中でダリルに会うと、彼は服の丈が合っていないからという理由でエリカを抱き上げた。

「お姫様抱っこ……」

ダリルは特別たくましいスポーツマンタイプという印象ではない。読書が似合いそうな知的な青年だった。けれど案外力があるようで、エリカを軽々と持ち上げる。

そのまま屋敷の案内が続けられた。

敷地内には美しい庭園があり、ジェームズが花を育てているという。

少し離れた場所には厩舎があるが、飼育されているのは先ほど馬車を引いていた黒馬だけではなかった。ライオンに似た動物や、大型の鷲もいた。獣たちはダリルの姿を見つけると、近づいてきてちょこんとお座りをした。

「私は一応、城勤めの魔法使いということになっている。人間の土地を荒らす害獣の駆除も私の仕事なのだが、彼らは任務中に捕まえたとくに強い魔力を持つ獣だ。知能が高く、主人と認めた者には従順だ」

ダリルから大丈夫だと言われても、繋がれてすらいない大型の鳥獣に近づくのは怖かった。害獣として討伐の対象になっていたと聞かされたらなおさらだ。エリカはダリルに抱かれたままギュッと彼のシャツを握って身を強ばらせた。

「……慣れたら背中に乗せてもらえるぞ。空を飛んでどこかに出かけようか」

ダリルはそれ以上獣たちには近寄らずにいてくれた。空を飛ぶという言葉に巨大な鷲が反応する。誇らしげに羽を広げて、キュゥン、と鳴いた。

「それは楽しそう……、また会いに来てもいいかな?」

獣たちには触れられないまま、エリカは彼らに問いかけた。獣たちはそれぞれ尻尾や羽を動かして、同意を示してくれる。賢いというのは本当だった。エリカは興味が湧いて、自ら手を伸ばし彼らに触れようとしてみた。

すると巨大なライオンが顔を近づけて、たてがみに触れろと催促してくる。

「もふもふ……」

一度大丈夫だとわかれば、なにも怖くなかった。エリカは地面に降りてしばらく獣たちと触れ合った。お日様の香りがするたてがみと、ふわふわの羽、それから黒馬のしっとり

すべすべの身体――「さわらせてあげる」、「遊んであげてもいいよ」とエリカを下に見ている様子だが、優しい獣たちだった。

　厩舎の案内が終わると、屋敷の中に戻る。

　それぞれの私室、ビリヤードに似たゲームを楽しむための部屋、キッチン、ダイニングなどを回ってから最後にリビングルームにたどり着く。

　リビングルームにはすでにジェームズがいて、ゆったりとソファに腰を下ろし、紅茶を飲んでいた。エリカがダリルと一緒に三人掛けのソファに座ると、すぐにメイドが姿を見せて紅茶を持ってきてくれた。

　紅茶やお菓子は異世界から来たエリカでもおいしく感じられた。お菓子は全体的に少し癖のある独特な甘みがあった。

　例えばグラニュー糖ではなく黒糖を使ったような、甘みの種類が違うという印象だ。

「このクッキーおいしいです」

「それはよかった。甘いものは元気の源だからどんどん食べなさい」

　ジェームズは次々にお菓子をすすめてくる。

　エリカはお菓子を頬張りながら、メイドの態度が気になった。屋敷を案内してもらっている最中に何人かの使用人とすれ違ったが、なんとなく距離を感じたのだ。

「メイドがどうかしたのか？」

　メイドが立ち去った扉のほうばかりを気にしていたせいで、ダリルから指摘されてしまった。

「え、ええっと……なんだか冷たいな、と思いました」

ダリルたちが出会ったばかりのエリカに親切だから、余計に使用人に違和感を覚える。

「他家に比べてかなりの好条件で雇っているのだが、やはり闇公爵家に仕えるのは恐ろしいのだろう。過去、暗殺者が紛れ込んだこともあったからこちらも使用人を信用していない」

ダリルがそう説明してくれた。先ほどから厄災の一族だと聞いているし、黒髪がどれくらい忌み嫌われているのかはエリカも身をもって知っていた。

それでも、暮らしている屋敷ですらそんな状況だとは想像以上だ。

「だったら、私を雇っていただけませんか？　この国では十四歳って働いても問題ないでしょうか？」

ダリルはここで暮らしていいと言っていたが、居候は居心地が悪い。お世話になるのなら、自分からやる気を見せるのが重要だとエリカは考えた。

「……君はまだ子供だからだめだ。まずはこの国のことを学び、慣れることが一番重要だ」

ダリルが一蹴し、ほかの二人もコクンコクンと頷く。

それからエリカはダリルからいろいろな説明を受けた。

この国はアズライト王国という名で、強い魔力を持っている者が高い地位にある社会制度だった。

オブシディアン家の地位は王族に次いで高く、ダリルは二十歳の若き公爵だ。ジェームズは昨年息子に爵位を譲り、庭いじりをしながら時々ダリルの補佐をしている。一度に説明されてもなかなか頭に入ってこない。『翻訳』は声が二重に聞こえるため、真剣に話を聞こうとすると疲れるのだ。

お茶の時間が終わると、ダリルはエリカについて報告をするために城へ向かった。グロリアはエリカの服を買いに行くといって出かけ、エリカはジェームズと一緒に庭の手入れをして過ごすこととなった。

ジェームズご自慢の庭には、色とりどりの薔薇(ばら)が咲き誇っている。全体的に暗い印象の屋敷の中で、その場所だけが華やかだ。

つい数刻前まで恐ろしい目に遭っていたのが一変し、ほのぼのとした時間だった。

夕方になると出かけていた二人も帰ってきた。エリカは屋敷に来てからなんだかふわふわした気持ちで、ずっと笑っていた。

それが一種の現実逃避だったと思い知ったのは、与えられた私室に足を踏み入れてからだった。

私室まで送ってくれたダリルが、魔力を使って明かりをつける。エリカはなんとなくテーブルの上に置かれていた籐(とう)のかごに近づいた。

「あ……!」

かごには綺麗に洗濯されたパーカーとジーンズ、それから手紙と鍵が入っていた。

エリカは封をしたままの手紙を手に取った。その瞬間、急に現実に引き戻された気がした。

「……ダリル様、迷い人が元の世界に帰ったという例はあるんですか？」

本当はずっとそれを一番に聞きたかったのだ。ただ、迷い人は保護されるべきという発言から、なんとなく想像ができてしまったためにあえて話題にしなかった。

ダリルは困った顔をしていた。答えがわかっているのに話しづらい質問を投げかけられたらそうなるのも当然だろう。

「……次元の狭間と言えばわかるだろうか？　君のいた世界とこの世界が時々干渉し合い、できた歪みに吸い込まれてやってくるのが迷い人だとされている。魔力で強制的に干渉を起こす実験が行われた例があるみたいだが……成功したとは聞いていない」

「……そう、なんですね……」

「これから詳しく調べてみるが、今の段階では無責任で楽観的な発言はしたくない」

無責任な希望を口にしないのが、きっと彼の優しさなのだ。けれどはっきりと言われたことで、エリカはようやく実感した。

もう家族には会えないし、この手紙を祖母に届けることもできないのだ。

「手紙と家の鍵しか持っていないんです……。それにこの手紙、離れて住んでいるおばあちゃんに送ろうとしていた私の写真が入っていて……。せめて、家族が一緒に映っている写真にすればよかった……！」

十四歳の誕生日に祖母が最新の電子辞書をプレゼントしてくれた。

スマートフォンを持っていない祖母のために自分の写真をプリントして、お礼のメッセージと一緒に送るつもりだったのだ。

もう会えないと自覚すると、それまでとは違う涙が溢れ出す。戸惑いや恐怖ではなく、悲しくて、さびしくて泣いていた。

「エリカ……。泣くな……いや、泣いていい。やっぱり泣いていい……」

そう言って、ダリルはエリカを抱きしめてくれた。

泣いていいと言われたエリカはもう止まらなくなって声を上げてわんわんと泣き続ける。同時に、ダリルが不器用で思いやりのある人だと伝わった。

「どうしたら……、泣くのはかまわないが、私はどうしたらいいんだ？」

ダリルはぶつぶつとつぶやきながら動揺していた。

彼が突き放さないでいてくれるから、先ほどまで負の感情以外消えてしまった心の中に別の感情が戻ってくる。

「そうだ！　私が君の家族になってやろう。本当の家族には敵わないが、それでもいないよりいいだろう⁉」

「ダリル様……」

それは唐突な提案だった。驚きのあまり、エリカの涙はピタリと止まった。

「エリカには兄君はいたんだろうか？」

「……一人っ子でした。……お兄ちゃんがいたらいいな……って思ったことがあります」

「ならば問題ない。……ほら、呼んでみるといい〝お兄様〟と」

本物の兄がいたら、成り代わるみたいだから遠慮していたのだろうか。けれどエリカには兄はいない。兄が増えても、実の家族とエリカの関係が変わるわけではないから問題ないというのだ。

「お兄様……？」

「フッ、くすぐったいな」

エリカも同じだった。こんなに綺麗で優しい人が本当の兄だったらどんなに自慢だっただろうか。

「お兄様はどうして私に優しくしてくれるんですか？」

「君がこの国で生きにくいであろう原因に関わっている責任、同情とそれから怒りだ」

「怒り……どうしてですか？」

責任や同情というのはなんとなくエリカにも理解できるが、怒りは誰に向けられているのだろうか。

「君が不当に扱われる状況そのものが、我が血族に対する冒瀆であり許し難いからだ」

「わかるような、わからないような……？」

「さあ、もうおやすみ。君が眠るまで、この兄がそばにいてやろう」

そのままベッドに押し込まれる。毛布にくるまると、額に大きな手があてられた。

「こういうとき、一人になったらきっと考えすぎてしまうだろう。……だから、もう眠ってしまうんだ」

ダリルの手のひらは温かい。低い声で紡がれる言葉は、スーッと頭の中に入ってくる。心地よくて、彼の言葉に従いたくなってしまう。

なにか人を眠りに誘う魔法を使っているのだとわかった。知らない世界に迷い込んだばかりで一人になったら考えすぎてしまうだろうという予想はエリカにもできていた。眠らせてくれるのはダリルの気遣いだ。お礼を言いたいのに瞼（まぶた）が重くなって、エリカはもう言葉を発することすらできなかった。

「また明日……。きっといい夢を見られる」

エリカは心の中でできたばかりの〝お兄様〟におやすみなさいを言って眠りについた。

その日はどんな夢を見たかもわからないほどぐっすり眠った。

数百年前、アズライト王国はとある一人の魔法使いによって滅びかけた。

男は不老不死を望み、それを実現させるための研究をしていた。実験の過程で架空の生物であるドラゴンを創り出して、自らそのドラゴンの吐いた炎に焼かれて命を落としたという。創造主の手から離れたドラゴンは、この国を焼き尽くす勢いで暴れた。

ドラゴンを討伐すべく立ち上がったのは、アズライト王国の王子と、創造主の息子――のちに初代オブシディアン公爵家の当主となる青年だった。

二人は協力してドラゴンを倒したのだが、それで国が元どおりになったわけではない。飛び散ったドラゴンの血肉が野生動物に影響を与え、本来存在していなかった獣を生み出してしまったのだ。

オブシディアン公爵家は厄災をもたらした一族という非難を浴びながら、孤独に先祖の尻拭いを続けてきた。

長い歳月によって、ドラゴンの血肉の影響は弱まり凶悪な獣が生まれることもほぼなくなった。ちょうどその頃、まるで役目を終えたかのようにオブシディアンの血も途絶えようとしていた……。


エリカの新しい生活がはじまった。彼女は結局、そのまま闇公爵家の養女となった。

地球からこの世界に迷い込む人は、数十年に一度現れるという。

迷い人が科学者や技術者だったらこの世界に恩恵をもたらしてくれる。だから国が保護するというのが慣例になっていて、今回も本来ならそうなるべきなのだが、ダリルが強く反発した。

公的な機関に所属する軍人が、ただ髪が黒いというだけで保護対象に暴行を加えたため、信用できないという理由だ。

エリカが未成年で特別な知識や技術を持っておらず利用価値が低かったこともあり、結局、公爵家が責任を持って預かるということで折り合いがついたらしい。

ダリルはあれから元の世界へ帰る方法を探してくれたが、過去に研究された実績はあったものの不可能という結論だった。

落胆したエリカだが、オブシディアン公爵家の家族が、本当の娘のように大切にしてくれたから立ち直るのも早かった。

彼らが好んで黒をまとい、闇公爵家の者であることを隠さないのは、かつて厄災をもたらした者に連なるとしても、王家と協力しそれを鎮めた者の直系でもあるというプライドのためだった。

エリカは血族ではないものの、ダリルに合わせてフリルがたっぷりついた黒のワンピースを着るようにしている。

公爵家に保護されてからのエリカは、少しずつこの国について学んでいった。

まず苦労したのは言葉や文字の習得だった。『翻訳』は相互にかけなければ成り立たないし、二つの言葉が聞こえてしまうので煩わしく、長期の使用には向かない。それにこの国の発音を性格に理解しないと、文字が覚えられない。

だからエリカはできる限り『翻訳』を使わずに生活するようにした。

英語は小学校から授業で習っていても大して話せなかったというのに、その言葉しか使えない状況に置かれると、ものすごい速さで習得できた。一年経たないうちに、相手がなにを言っているかは理解できるようになり、コミュニケーションには困らなくなった。

一つ残念なのは、異世界からの迷い人が皆そうであるように、エリカには魔法の才能が一切ないことだった。

すると心配性のダリルはますます過保護になり、大量のマジックアイテムをエリカに与えた。けれど――。

「お兄様、『反射』十倍返しはさすがに危険だと思います！」

町を歩きながら、エリカはダリルに猛抗議した。

エリカの首元にはレースと宝石でできている黒のチョーカーが飾られている。

繊細な細工の美しい一品だが、じつは十倍返しという魔法が込められたマジックアイテムだった。しかも、騙されてチョーカーをはずしたあとに襲われるかもしれないという理由でダリル以外ははずせない仕組みになっている。

エリカはほかにもアクセサリーに見えるアイテムをたくさん身につけているのだが、さすがに今回の『反射十倍返し』は洒落にならない破壊力だった。

「なにを言う。相手は卵を投げつけてきたんだぞ？　当たっていたら大変なことになっていた。エリカの美しい髪に卵がついたら……。それに、乾いたら匂うんだ……」

ダリルがこの世の終わりが迫っているかのような悲壮感を醸し出す。

二人で買い物に出かけ、ダリルが目を離したわずかなあいだに、道行く子供がエリカに生卵を投げつけたのだ。飛んできた卵はエリカに触れる直前に光の膜のようなものに包まれて、元来た場所に十倍の速度で戻っていった。結果、子供の顔面を直撃した。

子供に怪我はなく、なにか文句を言いながら逃げていったのだが、エリカはマジックアイテムの威力に戦慄した。

「卵であの破壊力なら、石だと死んじゃいそうです。私……人の血なんてほとんど見たことがないから、いくら悪い人でも瀕死の重傷を負った人が地面に転がっている場面なんて怖くて……」

「わかった。では危害を加えた者を跡形もなく消す魔法に変えよう。……血を見ずに済むから」

オブシディアン公爵家の人間は、冗談抜きに敵には容赦しない一面を持っている。

エリカは何度か、屋敷に侵入してダリルを害そうとした者が消し炭にされてしまう場面を目撃した。

使用人が金で懐柔されて、闇公爵家の弱点であるエリカを誘拐しようとする事件も実際に起こってしまった。そのときも、実行犯はすぐに捕らえられ、ダリルに〝処分〟されている。

最初は動揺し、泣き出して兄を困らせたのだが、今のエリカは価値観の違いを少しは理解できていた。

この国には身分制度があり、地球でいうところの封建社会的な価値観で成り立っている。

江戸時代で例えるのなら『切捨御免』的な考えが認められていて、ダリルも公爵が持っている権利を行使しているだけにすぎない。

もし手心を加えて、闇公爵家に害をなす者を許しても、その者は改心などせず、再び公爵家を狙ってくる。日本のような平和ボケした世界ではないから、エリカの価値観を押しつけると家族を危険に晒してしまう。

命を脅かす敵には容赦しないが普段のダリルは冷静で寛容だ。それがエリカが絡むとわずかな傷すら絶対に許さない過激な性格になる。

「二倍に……せめて二倍にしてください……！」

卵の一件から、いたずらで小石を投げた者の頭に穴が開く想像をして、さすがにやりすぎだとエリカは考えた。

「二倍か……まあ、反射だけでも安全は確保できるからな。……エリカが望むのなら変えてやってもいい」

「よかった……！　お兄様ありがとう、大好き！」

過保護な兄はなんだかんだとエリカの言うことを聞いてくれる。

彼はすぐにチョーカーに触れて、魔力を込めた。エリカの周囲に黒い霧のようなものが立ち込め、わずかに温かくなる。ダリルがチョーカーに込められている『反射』を書き換えているのだ。

エリカは魔力を持っていないために感覚は鈍いが、膨大なダリルの魔力は視覚と温度の違いで感じ取ることができた。

いつも守ってくれている力に触れると安心できた。

「だが、気をつけなければならない。エリカは可憐でか弱いから、闇公爵家を疎み、恐れる者たちの標的になる」

ダリルがチョーカーを離し、今度はエリカの手を握った。

そのまま並んで歩き出す。今日は目抜き通りにある有名なカフェで紅茶とケーキをいただく予定だった。

鮮やかなオレンジ色のオーニングシェードが特徴的なカフェはすぐに見つかる。

闇公爵家の人間は、黒髪を隠さない。都で暮らす人々がどう思っていようが、ダリルは高位貴族であり、城勤めの魔法使いだ。入店拒否などできるはずもない。

風通しのいいテラス席を用意してもらい、エリカはさっそく前から食べたかった人気のパイとハーブティーを注文した。

この国の料理は、洋食に近い見た目と味付けのものが多い。パスタ料理もあるし、ミンチ肉を使ったハンバーグに似た料理も人気だ。何百年か前にやってきた異世界人の影響もあるとのことだった。

そして電気がない代わりに魔法が発達しているため、日本人のエリカが極端に生活に困ることはなかった。ただ、それはあくまで貴族を中心とした特権階級に限った話であり、庶民の生活は近代的とは言い難い。

訪れたカフェは上流階級向けの店だから、冷たいシャーベットや常温で管理できない生クリームを使ったデザートなども提供されている。

「エリカ、ケーキだけじゃなくて、アイスクリームも食べてみるか？」

「はい、お兄様」

「……ほら、あーん」

どこからか、「闇公爵が笑っている」というヒソヒソという声が聞こえたが、エリカは気にせず、兄からの「あーん」を受け入れた。

「そうだ。来月はエリカの誕生日だろう。プレゼントはなにがいい？　……せっかくだから下見をしようか」

「……プレゼント」

闇公爵家の養女になってから、エリカは過分に思えるほどものを買い与えられている。

それにダリルの作るマジックアイテムは、最低でもこの国の一般庶民の年収相当の価値がある。とくに、『反射』の魔法が付与されたチョーカーは値段がつけられないという。

だから改めて誕生日プレゼントにほしいものを問われても、すぐには思いつかなかった。

「遠慮はいらない」

けれど、普段の過保護っぷりから、いらないというのが通用しないこともエリカは十分にわかっている。しばらく考えて、素直にほしいものを口にしてみる。

「猫……はだめですか？」

この世界にやってきて、あと少しで一年になる。それでもまだ元の世界を忘れるには早すぎる。夜になると時々思い出して、眠れないことがあるのだ。そういうときはダリルの部屋を訪ね、眠りの魔法をかけてもらう。

もうすぐ十五歳になるエリカが、血の繋がらない兄の部屋を夜中に訪ねるのは問題がある。しかも彼の安眠を妨害してしまう。

だから一緒に寝てくれるペットがいたらいいと考えたのだ。厩舎にいる獣たちは大きすぎてエリカの部屋には入らない。猫がいいと思ったのは、この世界に来たばかりの頃、ダリルが金色の瞳の黒猫のぬいぐるみを買ってくれたからだ。

この国ではぬいぐるみの色すら、黒と金の組み合わせは避けられている。だから黒い服もぬいぐるみもすべて特注だという。

「ペットを飼いたいのか。……うん、それはいいかもしれない。いつも私が君のそばにいてあげられるわけじゃないからな」

ダリルには、城勤めの魔法使いとしての職務と公爵としての仕事がある。普段はマジックアイテムや魔法理論の研究をしていて、民のために役立つ道具をたくさん作っている。そして国境地帯で紛争が起こったり、魔力を持つ大型の獣がどこかの町を襲った場合は、戦いにかり出される。この国の守護者と言っても過言ではない立派な魔法使いだ。

それなのになぜか、民は大昔の厄災ばかりを覚えていて、現在のオブシディアン公爵家の功績を認めようとはしない。

実際には暗殺者を排除しただけなのに「闇公爵家がまた使用人を殺したらしい」などと

悪い話だけがすぐに広まる。エリカはそんな噂（うわさ）を聞くたびに、胸を痛めた。

そしてエリカは十五歳になった。普段よりも豪華な食事はもちろん嬉しかったが、なによりも家族が祝ってくれるというのがありがたかった。

血の繋がりはなくとも、すっかり本当の家族だ。

「黒いドレスにはどんな色の花でも合うけれど、赤はぐんと大人びて見えるね」

ジェームズは真っ赤な薔薇の花をエリカに贈ってくれた。

「わたくしは懐中時計を」

グロリアは金色の懐中時計をくれた。文字盤には黒曜石（オブシディアン）が埋められていて、闇公爵家の一員である証といえる一品だった。

「お父様、お母様……ありがとうございます」

食事が終わるとエリカはダリルの部屋に招かれた。約束していたプレゼントをくれるというのだ。

「今から魔法で動物を作ろうと思う。……使い魔みたいなものだ」

「私のペットになる子ですね？」

まさか普通の猫ではなく使い魔だとは思わなかったエリカだが、魔法が存在する世界ならではのペットに期待していた。

「見ていろ」

ダリルは不敵に笑う。ポケットからナイフを取り出すと、左手で持って、右手の人差し指に刃をあてた。

「お兄様⁉」

「大丈夫」

大理石の床の上に血が滴る。ダリルはその血で円と模様を描いた。いわゆる魔法陣というものだろう。次に自らの髪を一房切り取って魔法陣の中央にパサリと置いた。

それから手をかざし、魔力を込めていく。

(……私のペットって、もしかしてお兄様の髪なの？)

ダリルのことは大好きだが、これから四六時中一緒に過ごす予定のペットの素材が兄の一部というのは微妙な気持ちになる。けれど、自信満々のダリルを見ていると、嫌だとは言えない雰囲気だった。

そうこうしているあいだに、魔法陣の中央にあった髪とダリルの魔力が絡み合い浮き上がった。

つむじ風のようにクルクルと回りながら、やがて黒い物体の輪郭が見えはじめる。

ふわふわな黒い毛、尖(とが)った耳――そして瞳、長い四肢と大きな口。そこからはみ出した牙……背後には鬼火のような黒い炎を背負っている。

「どうだ？　エリカの護衛役兼、ペットとしてふさわしい勇ましさだ。愛玩用として添い寝に適した柔らかさになっている。君の好きなもふもふだ」

完全に化け猫だった。ダリルは魔法陣の上にちょこんと座っている化け猫を抱き上げて、スリスリと頬を寄せた。化け猫は主人に頭を撫でられたことに反応し、ニタァと裂けた口の端を釣り上げる。

「イヤァァッ！」

エリカは恐れおののいて思わずダリルと化け猫から距離を取る。

「エリカ？」

「可愛くない！　怖いです……口が裂けているし、一緒に寝たら火事になりそう」

「……もしかして、だめか？」

「こんなの私の知っている猫じゃない……。添い寝したら怖い夢を見ます。絶対に！」

ダリルと一緒に化け猫もしょぼんとうなだれている気がしたが、嫌なものは嫌だった。

「そ、そうか……。なにか手本にできるものがあれば改善できるのだが。……あぁ、ではエリカのぬいぐるみにしよう」

ダリルはすぐにエリカの私室に置いてある黒猫のぬいぐるみを持ってくると、じーっと見つめ、定規をあててサイズを測りはじめた。

「ふむ……丸っこくて少々軟弱な印象だが……？」

可愛い黒猫のぬいぐるみとダリルのセンスで創り上げた化け猫を交互に見比べて、しぶしぶ納得したという様子だ。それでもエリカのため、ダリルはもう一度化け猫に触れて魔力を込めた。すると黒い物質がかたちを変えてぬいぐるみと瓜二つになる。

「わぁ！　お兄様、ありがとうございます」

ついさっきまで口が裂けていた件は忘れることにして、エリカは兄から黒猫の使い魔を受け取る。

「名前はどうする？」

「ぬいぐるみがクロミなので、この子はクロコにします」

「ああ、おまえの名はクロコだ……。我が命に従い、エリカを守護し、できる限り猫として振る舞うのだぞ」

「ニャァ」

猫ならば「猫として振る舞う」必要はない。これは猫のふりをした謎の生物ということになる。ぬいぐるみを手本にしているため普通の猫とは違うのだが、さわり心地はいいし、賢そうだった。

「お兄様、ありがとうございます。……大好き！」

「……大好きか。エリカは私のことが、好き……なのだな……？」

それは唐突な質問だった。

「あたりまえです。だって私の命の恩人で、格好よくて頭がよくて優しくて……いつもそばにいてくれて……」

ダリルへの好意を口にするのは、エリカにとってあたりまえのことだった。かなり過激な性格だが、そのぶん愛されているのだと実感する。

「……そうか。その、だな……知りたいのだが、エリカの国では何歳から大人と見なされるのだろうか？」

「うーん……、十八歳、ですかね……？」

お酒は二十歳からだが、いろんな権利が発生し、大人の仲間入りをするのは十八歳だ。

「十八、だと……あと三年も？」

ダリルが目を見開き、うなだれた。

「お兄様ったら、どうなさったのですか？」

「まあいい……。エリカは結婚に興味はあるか？」

「え……？」

突然そんな話をする理由が、エリカにはよくわからなかった。まず頭をよぎったのは、結婚したらこの家を離れるのかもしれないという不安だった。

エリカにとってそれは恐ろしいことだった。

「エリカ……オブシディアン家は厄災の一族というだけでなく、血統的にも問題がある。滅びゆく一族だ。だが、君は血族ではないから……」

ダリルは公爵家に負の側面があることを最初からエリカに包み隠さず教えていた。

先祖が厄災を引き起こしたこと。それを止めたのもまたオブシディアン公爵家であったこと。

けれど民は厄災の象徴である黒を嫌い、黒髪の者を迫害した。

髪が黒ければ他家との婚姻が結べず、当然子孫が増えることもない。厄災以降、国のために働き続けている闇公爵家は、結果として一族の中でしか結婚ができず、近親婚が進んだせいか子供が生まれにくくなった。今、生き残っているのはたった三人だ。

ジェームズとグロリアは法的には問題にならない程度の遠い親類関係にあるという。けれど長年一族間でしか婚姻をしてこなかった影響がダリルに色濃く出ている。

ダリルが魔法使いの中でも桁違いの強い魔力を持っているのは、澱んだ血が原因だとされている。

もしかしたらダリルは、いつかエリカを遠ざけるつもりなのだろうか。滅びる血とは無関係だと突き放されている気がした。

「結婚なんて絶対にしません！　ずっと、お兄様と一緒にいたい」

エリカはダリルが大好きだ。兄に対する好きとは種類が違うという自覚もある。

子供のエリカがそんな想いを抱いていると言っても、きっと彼を困らせてしまう。

だから幼いふりをして、離れたくないと言い切った。

「そうか。澱んだ血の私でも一緒にいてくれるのか……」

「どこにも行きたくないです」

「心配するな。少し気になったから聞いただけで、誰も君になにかを強要することなどないのだから」

　優しいダリルはエリカを安心させるためなのか、髪を撫でてくれる。

「憧れる気持ちはあったんです。私の生まれた国ではプロポーズをするときに指輪を贈るんです。それを左手の薬指につけてみたいなぁ……て。でも、今は……」

　ほんの少し外に出ただけで、闇公爵家の保護なしには生きられないのだと嫌になるほど痛感する。

「指輪か、左手の薬指……うん、覚えた……」

「どうしたんですか？」

「いや、気にするな。……とにかくエリカはなにも心配いらない。すべての願いは兄である私が叶えてやるんだからな」

　結局、彼がなぜ急に結婚の話をしたのかわからないままだった。

　十五歳の誕生日。エリカはダリルとずっと一緒にいられるという幸せな未来を想像し、それが簡単に叶うと思っていた。

　けれど――。それからしばらくして、ダリルからこの国とオブシディアン公爵家の歴史について学んでいる最中、エリカはひどい既視感を覚えた。

　エリカは自分が『あなたに一粒の真珠を』の悪役令嬢で、この世界が漫画の世界そのものであると悟ったのだ。

第二章　推定悪役令嬢の奮闘

「この国には王子の妃候補となる令嬢を集めて競わせる『選妃』というじつにくだらん制度がある。どれだけ上から目線なんだか……まあ、我が一族には関係ないが」

ダリルからアズライト王国とオブシディアン公爵家の歴史を学んでいるときに聞いたその言葉で、エリカはこの世界が漫画の世界そのものだったと気づいた。

それまでもオブシディアン公爵家や厄災についての歴史は何度も聞いていたのだが、なにせ少女漫画なので、作中ではそれらについてはさらりと流されていた。悪役令嬢の名が自分と同じであるのはもちろん覚えていたが、ダリルは「お兄様」と呼ばれることが多かったので兄妹の組み合わせが漫画と同じだなどと考えもしなかった。『選妃』という変わった制度の説明を聞いて、エリカははじめて漫画の内容を思い出した。

その日は一日、ぼんやりしたままいつの間にか夜になってしまった。心配したダリルが眠りの魔法をかけようかと提案してくれたが断って、エリカはクロコと一緒にベッドにもぐり込んだ。

目をつむってから、漫画の内容を振り返った。

漫画『あなたに一粒の真珠を』は、光属性の魔力を持つアイリス・ホワイトパールが、『選妃』と呼ばれる未来の王妃を決めるための試練を受け、見事第一王子と結ばれるという物語である。

魔力には基礎となる四つの属性が存在する。水、火、土、風——は、微量であったとしても、この世界で生まれた者ならば誰もが保有している。ただし、一つの魔法を正確に発動できるほどの魔力を持つ者となると、貴族など一部の者に限られる。

とにかく魔力と四つの属性はこの世界の理となっているのだ。

そこからはずれた特別な属性が、光と闇だった。

光属性の魔力は大変貴重で、ホワイトパール伯爵家の直系のみが持っている。

そんな家に生まれたアイリスだが、早くに母を亡くし、継母と異母妹にいじめられる日々を送っていた。

本来、『選妃』は王子と歳が近い貴族の娘の中で、優秀な者だけが選ばれる。容姿、教養、魔法の素質など、アイリスは選ばれてしかるべき令嬢だった。けれど、継母からの妨害があり、アイリスの能力は過小評価されているため、ホワイトパール伯爵家からは異母妹が選ばれると思われていたのだが――。

孤独なアイリスは、絵を描くのが大好きな少女だった。ある日、都にある大きな植物園の温室でスケッチをしていると、一人の青年と出会う。他愛もない会話をして、なぜか周囲で起こるトラブルなどを解決していくうちに、青年はアイリスに好意を抱くようになる。

彼こそアズライト王国第一王子トレヴァー・アズライトだった……というベタな展開が繰り広げられるのだ。

結局、アイリスを見初めたトレヴァーの推薦により、彼女は『選妃』に参加し、ほかの令嬢たちと妃の座を争うことになる。

物語冒頭の悪役は継母と異母妹で、エリカは『選妃』がはじまる二巻から登場する悪役令嬢である。一巻の絵に描いたような悪役とは違い、エリカとその協力者であるダリルは狡猾(こうかつ)で、自らの手を汚さない真の悪だ。

民から疎まれ、恐れられている闇公爵家だが、強い魔力を有する国防の要でもあるため、国王すら公爵家の望みを蔑ろにはできない。

トレヴァーを慕っているエリカは、兄に頼み込んで強引に『選妃』に参加したのである。

(確かに……。本来私は国に保護されるべきなのに、お兄様の要望で闇公爵家の養女になったのだし、国王にも意見できる立場というのは漫画と同じだわ)

登場初期、エリカは強い闇の魔力を有する令嬢としてアイリスの前に立ちはだかる。

中盤までは格下の令嬢を使いアイリスをいじめるが、知略を駆使し、決して証拠を残さず、胸くそ悪いキャラクターだった。

ラスボス的な兄妹の優位性が損なわれるのは、物語の終盤である。

ある日アイリスは、偶然エリカの秘密を知ってしまう。

エリカは闇公爵家に生まれながら、じつは魔力を持っていないというものだ。実際にはわずかならば持っていたのかもしれないが、貴族の生まれで初歩的な魔法すら使えない者は「魔力を持たない欠陥品」として扱われる。

公爵夫妻は魔力なしのエリカを疎み、幼い頃に殺そうとしたという。

それを庇（かば）ったのがダリルである。ダリルはマジックアイテムを妹に与え、エリカの魔力がないことは誰にも悟らせないと両親に約束し、妹を守ってきた。

心優しいヒロインであるアイリスは、エリカの秘密を知っても口外しないと誓う。けれど、エリカはその言葉を信用せず、アイリスの命を本気で狙いはじめる。ダリルも妹の命を脅かす者を許さず、極悪非道の限りを尽くす。

妃の座を争う者、そして秘密を握る者として、悪役兄妹にとってアイリスは二重の意味で排除せねばならない相手になった。

けれど焦りが仇（あだ）となり、罪は暴かれ、エリカとダリルは破滅の道をたどることになる。

エリカが疑問に思ったのは、今の時点で漫画と現実には差異があるという点だ。

まず、明らかに設定からして違うのは、オブシディアン公爵家の両親だった。

（お父様とお母様がかわいそう。私の性格が歪んだ諸悪の根源にさせられてしまって！

本当の私は、魔力の有無を隠していないのに……）

漫画の中のエリカに迷い人という設定はないし、ダリルとは実の兄妹のはずだった。

現実は違って、迷い人が魔力を持っていないのは調べればわかることだ。両親はエリカに魔力がないと知った上で大切にしてくれている。それぞれタイプは異なるが、ダリルと同じくらい過保護だった。

（それに……、お兄様は確かに私に甘いし、私のためになんでもしてくれるのかもしれないけれど、なにかが違うのよね）

物語の中のダリルは、妹が妃になれるように手を尽くし、兄としての立場が揺るがないのであればエリカが誰を好きでもかまわないという思考をしていた。

妹を偏愛しているという部分では一致しているが、こちらも微妙にずれている。

実際のダリルは、エリカが本に夢中になっているだけで本を消し炭にしてしまうほど嫉妬深い性格だ。しかもダリルはあくまで妹としてエリカを大切にしているだけで恋愛感情を持っていないはず。

その段階ですでに心が狭すぎるのだから『選妃』に協力する姿が思い浮かばない。

（あぁ……でも、お兄様は私の願いをなんでも叶えてくれるって言っていたわ……）

十五歳の誕生日に、そんな話をした。

ダリルはエリカになにも強要せず、オブシディアン公爵家にいていいのだと言ってくれた。その一方で、望みをすべて叶えてくれるとも言っていたのだ。エリカが誰かと結婚したいと望んだら、協力してくれるのだろうか。

　正直、嬉しくないし胸の中がチクチクとして不快だった。

（でも、それなら……。私が『選妃』に参加せずに、お兄様が闇落ちしなければ破滅を回避できるはず）

　これらの内容を踏まえ、エリカは今後の方針を決定した。


その一。エリカはわがままな人間にはならない、悪事も働かない。

その二。『選妃』には絶対に参加しない、第一王子には近づかない。

その三。誤解されないように、オブシディアン公爵家の印象を改善する。


単純ではあるものの、これがエリカの考えた計画だ。

エリカはダリルが大好きだ。自分だけではなくダリルの破滅に繋がるのだから、第一王子に恋心を抱くはずもないし、進んで悪事を働く人間にもならないはずだ。

（なんだ。……簡単じゃない）

唯一難しいのは、オブシディアン公爵家の印象改善だ。この方針は、漫画のストーリーには直接関係ないが、力を持たないエリカがこの世界で安心して暮らしていくために必要だった。

　だからエリカは、以前よりも積極的にこの国のこと、そして公爵家のことを知ろうとした。知れば知るほど、今も闇公爵家が嫌われ続ける理由が謎だった。

「こんなに慈善活動をされているのに、どうしてお兄様はそれを表に出さないのですか？」

オブシディアン公爵家が管理している領地は豊かで、治安もいい。

それにダリルは個人的に都にある孤児院や病院に寄付をして、学校の設立にも関わっている。

なによりも人々の生活に欠かせないマジックアイテムのいくつかは彼の発明である。問題は、ダリルがそれらの功績を口にしないことだ。

表に出ているのは彼が経営している『クレッセント魔法商会』というマジックアイテムを取り扱う商会の名前ばかりだった。

そして商会の経営者がダリルであることは秘匿されていた。

「周囲にどう思われようが、興味がない……。ただ、孤児がまっとうな職に就けないと治安が悪化して私の仕事が増えるからやっているだけだ。ほかの支援も同じような理由だな」

ダリルは根本的に、自分を嫌っている人間に好かれようとは思わないのだ。

けれど自分たちに牙を剝く者以外には寛容で理性的だ。

なぜそんなに他人に対する興味が薄いのか、エリカはある程度予想できていた。

「それはお兄様の代でオブシディアン公爵家が終わりになるとお考えだからですよね？」

エリカは町を歩くだけで卵を投げつけられるような状況をなんとかしたいと考えている。エリカ自身に身を守る術がないから、少しでも兄にかける負担を減らしたい。兄がいなければ生きていけない人間にはなりたくなかった。

「まぁ……そういう部分も、あるかもしれない」

エリカはダリルに抱きついて、じっと彼を見つめた。

「私はどうすればいいのですか？　魔力を持っていない私は……」

ダリルにこんなことを言うのは卑怯だとわかっていたが、魔法が使えない以上、どんなに努力をしてもこの国でのエリカは圧倒的な弱者だ。

だったら、攻撃されないための努力をするしかない。

エリカは黒髪が差別されない世界を知っている。

元の世界にもたくさんの差別はあって、けれどもそれが悪いことだと認識され、改善される可能性があることも知っている。

だからこそ、オブシディアン公爵家とそれ以外の人々を繋ぐ橋渡し役ができればいいと思うのだ。

「そ、それは……！」

「私は弱いから、十年、いいえ三十年先……もっと先のことが心配です。どうすればいいのですか？　お兄様」

瞳を潤ませて、エリカは再び問いかける。あまり考えたくないが、人の寿命が順番どおりならエリカはいつかひとりぼっちになる。

「大丈夫だ。血が繋がっていなくても、……三十年先も絶対に君を離さないと誓う。方法だってある」

ダリルの顔がみるみるうちに真っ赤になっていく。なにかをボソボソと小声でつぶやいているが、エリカにはよく聞こえなかった。

彼の瞳を見つめているうちに、エリカまで恥ずかしくなってしまう。ドキドキして、心臓が痛いのに、もっと痛くなってもいいと思える不思議な感覚だった。

ダリルの手が伸びてきて、エリカの頬に触れた。そのまま指先が柔い唇をたどる。彼がなにをしようとしているのかわからないほどエリカは鈍感ではなかった。

「お兄様……？」

エリカは老後の心配をしていたつもりだが、彼はなにか勘違いをしたようだった。目を閉じるべきなのか、それともそんなことをしたらキスの催促をするはしたない女性になってしまうのかわからず、戸惑う。

自然と瞳が潤んで、どうしたらいいかわからなかった。

ダリルの整った顔が近づいてくる。距離が近づくとエリカは嫌ではないのに少しだけ不安になる。ただ、ダリルはエリカの拒絶を嫌うから、逃げてはだめだ。

やがて唇が触れたのは額だった。柔らかい感覚と彼の吐息の温かさを実感した瞬間、エリカの心臓は爆ぜそうなほど高鳴った。

「すまない……。ちょっと頭を冷やしてくる」

パッ、と身体が離れていく。ダリルは俯きすぐに扉のほうへ足を向けた。

「……待ってください、お兄様……あの……。私、……嬉しいの……」

ダリルは妹を溺愛していて、エリカも兄が大好きだった。触れることになんの問題があるのかエリカにはわからない。

「だめだ！　十八歳になるまで私はエリカの兄なんだから！」

そう叫びながらもダリルは再びエリカをぎゅうぎゅうに抱きしめる。

残酷な部分があるが純粋でもある彼がなんだか可愛くて、エリカは安堵する。そして、オブシディアン公爵家のために、やはり印象改善計画を進めようと固く誓うのだった。

それから一年ほどの時間をかけて少しずつ、ダリルとエリカは慈善活動に勤しむ姿を隠すことをやめ、クレッセント魔法商会の代表がダリルであることを公にした。

多少の嫌がらせはあったものの、商会のマジックアイテムは生活に根付いていたので、ダリルが経営者とわかったところで大きな不買運動などは起こらなかった。

そして十六歳になったエリカは、ダリルと一緒に孤児院の慰問へ向かった。

今日も堂々と黒のドレスを身にまとい、決して闇公爵家の一員であることを隠さないのがエリカのプライドだ。

ダリルが飼っている大鷲の背中に二人で乗れば一時間もしないで都の郊外にある目的地

が見えてくる。

「あれは……？」

「どうしたんですか、お兄様」

　ダリルは孤児院へ向かう道沿いにある大木を指差した。道から身を隠すように誰かが立っている。この先には孤児院と畑しかないから人通りはほとんどない。まるでエリカたちを待ち伏せしているようだった。

（でも、空からは丸見えなんですけど）

　その人物は道の先ばかりを気にしていてエリカたちが近づいていることに気がつかない。

「まぬけな間者だな。殺気も感じないド素人だ」

　ダリルは大鷲に命じて、隠れている人の前に降り立つ。

「わぁっ！」

　驚いて、思わず尻もちをついたのは、エリカより何歳か上と思われる青年だった。茶色い髪をしていて、地味なベストにズボンという服装で、フレームの太い眼鏡がちょっと野暮ったいという以外にあまり特徴のない人物だった。

「待ち伏せとはいい度胸だ。ほう……うまく魔法がかけられているな……」

　ダリルは顎に手をあてて、青年を観察し、そう言った。

「変装はしていますが、決してあやしい者ではありません。見抜かれているのなら仕方がありません。私は――」

「貴様の名など興味はない。大方、くだらない噂の真偽でも確かめに来たのだろう?」

「……」

青年は困惑気味だった。この場合の無言は図星という意味だ。

「くだらない噂ってなんですか?」

エリカは兄に問いかける。

「闇公爵家が人身売買をするために孤児院を支援しているとか、魔法の実験用に孤児を育てているとか、そんな話だ」

「ひどい! なんで、そんな……。ごめんなさい、お兄様……」

絵に描いた悪党の設定そのものだった。

闇公爵家の印象を改善したいという打算はあるものの、ただの善行をそんなふうに受け取られていたのは予想外だった。

エリカは強いマジックアイテムで守られているが、トラブルを避けるため一人で屋敷の外に出たことがない。ダリルは噂を知っていて、あえてエリカの耳に入らないように気を配っていたに違いない。

オブシディアン公爵家と世間を繋ぐ役割を負うつもりでいたエリカだが、じつは世間の噂に疎く、傷つかないようにダリルに守られているだけの弱い存在だと思い知らされる。

「エリカが気にすることではない。何世代にも渡る憎悪は簡単には払拭できないというわけだ」

ダリルは笑ってエリカの頭を撫でた。

この一年ほどのあいだに何度も訪問して、孤児院の子供たちも少しずつ心を開くようになってきている。草の根運動ははじまったばかりなのだ。

エリカは顔を上げ、眼鏡の青年の正面に立った。

「これまで国に尽くしてきたからこそ、公爵の地位にあり続けているというのに。言葉だけで説明するのは無理なのでしょう。――だったら、あなた！　一緒に来ればいいじゃない」

所在なさげに立ち尽くしていた青年をキッ、とにらみながらエリカは提案した。

「私が、一緒に？」

「なんだ？　人のあとをつけ回すよりはよほどいいはずだが。悪事を暴くつもりでいる者がまるでこそ泥のように正体を偽り、木の陰に潜んでいるとは失笑ものだ」

不敵に笑ってみせるダリルは意地が悪いが、正論だとエリカは感じた。青年は返す言葉もない様子だった。

「わかりました。そうさせてもらいます。……私はトレ、トレ……、トレイシーです。よろしく頼みます」

「そうかトレトレ・トレイシー殿、邪魔をしないのならばついてくるがいい」

「ただのトレイシーです！」

明らかに偽名であるのはわかるが、ダリルは他人への興味がすこぶる薄いので追及する気はないようだ。

少し会話をすると、立ち居振る舞いから青年の育ちのよさがうかがい知れる。おそらく、正義感に駆られて事実を確認しに来た貴族の子息といったところだ。だったらなおのこと、彼に真実を見せるというのは妙案だった。

孤児院はすぐそこだ。大鷲に乗って移動するほどの距離ではない。ダリルとエリカが並んで歩き、トレイシーと孤児院への支援物資を載せた大鷲が続く。

「ここからは上り坂だから」

そう言って、ダリルは妹をひょいと抱き上げた。

「歩けますよ！　……お兄様、子供みたいで恥ずかしいです」

「邪魔者がいなければ、空を飛んでもう着いていたのだ。エリカが私以外の者のために体力を消耗するのは耐えられん。靴擦れでもできれば原因を消し炭――」

「わぁぁっ！　景色もいいですし、お兄様に抱っこされるの……とても好きです」

妹の体力や靴擦れなどというどうでもいい理由で兄のヤンデレパワーが暴走し、殺人事件が起きたら大変だ。だからエリカは兄の気遣いを素直に受け入れた。

（でもお兄様は、自分が疲れるのはべつにいいんだ……）

進行方向をまっすぐに見ているダリルの顔をエリカは眺めていた。長いまつげに金色の瞳が神秘的で、ずっと見ていても飽きない。

ダリルはエリカのまっすぐな黒髪が好きだという。エリカもダリルの癖のある艶やかな黒髪と金色の瞳が好きだった。

　やがてダリルがエリカの視線に気がついた。目が合うとフッ、と小さく笑う。

「エリカ」

「お兄様」

　名前を呼び合うと、それだけで心が温かくなるから不思議だった。許されるのなら、ずっと兄に抱っこされていたいなどと、エリカはつい考えてしまう。

「それにしても、大きな荷物ですね？」

　二人のあいだに漂うほのぼのとした雰囲気が、トレイシーの質問で壊れてしまった。ダリルが急に不機嫌になり、小さく舌打ちをする。

「衣料品と食糧だ」

　トレイシーが気になっているのは、大鷲に載せた支援物資だ。

　ダリルは真面目で面倒見がいい性格だから、しかめっ面ではあるものの一応説明した。

「なぜお金ではなく、衣料品や食糧を贈るんですか？　食糧は腐るからお金を有意義に使ってもらったほうが効率はいいはずです」

　彼はたずねながらエリカたちの真横に移動してくる。

「フンッ、……信じられないくらい無能だな。嘆かわしい」

　ダリルは横目でチラリとトレイシーに視線を向けた。それから大きなため息をついた。

「お兄様ったら！　失礼ですよ。えっと……。それぞれの孤児院には平等に運営資金が割り当てられています。孤児たちの生活に差があるとしたら、それは運営側に問題があるはずです」

都とその近郊には三つの孤児院がある。すべて教会が運営していて、王家から提供される資金が施設の規模に応じて平等に分配されているという。けれど、都の中にある孤児院に比べ、今から向かう院で暮らす子供たちは栄養状態が悪かった。

その違いはどこから生まれるのだろうか。

「孤児院に関わる者が着服していると言いたいのだろうか？」

「それはわかりませんし、オブシディアン家が運営しているわけではないので、寄付はできても介入はできません。手間はかかりますが、金銭支援よりも定期的な視察と生活必需品の現物支給のほうがいい場合もあるんです」

ダリルに代わりエリカが説明すると、トレイシーは何度も首を傾げ考え込んでいた。おそらくかなり真面目な性格なのだろう。

「君は異世界人だよね？　そこで得た知識なんだろうか」

「いいえ。お兄様から教わりました」

異世界から来たエリカはこの国の人々が持つ固定観念とは無縁で、そのぶん柔軟に物事を考えられるのだが、すべては兄の受け売りだった。

（九割の大人は屑だ。屑に金を渡すと屑豚に変わる。どんどん肥え太って動かなくなるだけだから無意味だ……って言い方だったけど）

「ダリル殿は優秀な魔法使いというだけではなかったんだ……」

「そうです！　お兄様は素晴らしい方なんです」

そんな会話をしているうちに、孤児院へたどり着く。事前に予定を告げていたため、院長が出迎えてくれる。院長は内心、闇公爵家を恐れているはずだが、表向きは好意的だ。

ダリルとトレイシーが大鷲から荷物を降ろしているあいだ、エリカは子供たちへのプレゼントを渡す。

当初はエリカを警戒していた子供たちだが、一年通っているため多少の信頼を得ることに成功している。

「今日は折り紙を持ってきたの」

「折り紙……？」

「私の生まれた国では、紙を折って遊ぶのよ」

エリカはさっそく孤児院の一室を借りて、実演してみせる。折り方を覚えているのは、鶴と風船、それから箱と紙ひこうきだけだった。

小さな子供たちは一枚の紙が立体になるのが不思議なようで、エリカが見本を見せるとすぐに集まってくる。

女の子たちが風船を作ると、男の子がそれを取り上げて遊びに使う。時々喧嘩が発生してしまうこともあるが、おおむね和やかな時間だった。

途中からダリルとトレイシーも参加する。

なにをやっても器用なダリルは三種類の折り方を教えると、アレンジしてオリジナル作品を作れるほどだった。

トレイシーは異世界の文化に興味があるようで、感心していた。

「こうしゃくサマ！　院長先生が呼んでるよ」

折り紙遊びには参加していなかった少年の一人が、ダリルに声をかけた。おそらく、今後の支援についてなんらかの相談でもあるのだろう。

「チッ」

「お兄様、舌打ちはいけませんよ。私はまだ子供たちに折り紙を教えたいのでここに残りますね」

他者からの悪意を警戒し、屋敷の外では兄から離れないようにしているエリカだが、孤児たちしかいないこの場所はきっと大丈夫なはずだ。

「あぁ、わかった。……トレイシー殿」

エリカに許可を出したあと、ダリルは眼鏡の青年に視線をやる。

「エリカ殿のことは私が見守りますから」

「そんなことは求めていない。ただエリカに触れるなと忠告したかっただけだ」

ダリルはエリカの髪を撫でながら、トレイシーをにらみつけた。

「……わ、わかりました」

ダリルの表情が怖いせいで周囲の子供まで怯(おび)えだしたため、トレイシーも困惑している。

ダリルはそのまま部屋を出ていった。

「ごめんなさい、兄は過保護なんです。ただ、私に触れてはいけないのは本当です。『反射』という魔法が発動してしまうので」

エリカに触れてはいけない件は、孤児院の子供たちには説明している。

この魔法は、除外している条件以外のものを反射する仕組みだ。すべてを反射してしまうと、例えばカップを握ろうとするとそれが砕け、誰かと握手を交わそうとしても弾かれてしまう。日常生活で不用意に『反射』を発動した場合、毎度それを除外し敵意や危険だけを弾くように改善しているのだが、完璧とは言い難い。だからエリカはできるだけ他人に触れないようにしているのだ。

「常時展開なんて、さすがはダリル殿というべきか……」

「そうなんですか？」

「そうだよ。『反射』は一級の魔法だし、常時展開するためにはどれだけの魔力を消費するかわからない。……だから彼は危険視されてしまうんだ」

ボソリ、という彼のつぶやきにはきっと大した意味はないのだろう。大多数の者がそう思っているという常識の代弁者なのかもしれない。けれどエリカにとっては許し難いものだった。

「お兄様も、お父様やお母様も、敵意のない者を攻撃しましたか？　していませんよね……？」

公爵家の皆は敵には一切の容赦をしない残酷な一面がある。けれど、無駄な殺生をしたことなどない。

「それは……、そうだけど。警戒されてしまうのは仕方がないんじゃないかな」

「あなたも魔法が使えますよね？　『反射』がどれほどすごいのかをご存じなのは、魔法に関する知識を持っているからでしょう」

エリカやダリルは、青年の正体を貴族の子息だと予想している。そしてこの国の貴族は基本的に力の強い魔法使いの家系である。

「……うん、まぁ……多少は」

「例えば、非力な私でもナイフやロープを手にすれば、人を殺めることだってできます。あなただって魔法で人を傷つけることくらいできるのでは？」

「だが、私には魔法を正しく使える自信がある！」

トレイシーの声がわずかに大きくなった。近くで鶴を折っていた少女がそれに驚く。

まずいと思った青年がハッと口元を押さえた。

彼はきっと根っからのいい人なのだ。そして、本当に自分が清廉潔白であると信じているのだろう。

「人を殺める力を持っているのは同じでしょう？　ではなぜ、罪を犯していないお兄様だけが疑われるのですか？　強い力を持つ者が危険だというのは理解できます。でも魔法が使えない私から見たら、あなただって強い力を持つ人ですよ」

「だが、彼は厄災の……」

「……先祖が、と言うのならこれまで魔法で事件を起こした罪人の血縁は、皆さん危険人物として認定されているのですか？」

　このアズライト王国では、強い魔力を持つ者が権力を持っている。そして、貴族が魔法で人を殺めるという事件は年に何件も起こることだ。

　例えば、この国で最も尊い一族である王族ですら、流血とは無縁ではない。

「それは……」

「王族だって、過去に罪を犯し、粛正された例があるじゃないですか。遠い厄災よりももっと近い、……たった五十年前の話です」

　エリカはオブシディアン公爵家や自身に迫る破滅を回避するために、公爵家やこの国、そして『選妃』など王家についてもよく学んでいる。歴史を調べれば、血に善悪などないとすぐにわかる。

　直近では先々代の国王周辺で王位継承を巡る骨肉の争いが起きている。負けたほうは大罪人として裁かれた。

　大義か欲かはわからないが、王位を得るために人を殺める者が実際に血族から出ているのに、王家は正しく、闇公爵家はいつまでも危険視される——どう考えても矛盾している。

「……返す言葉が見つからない」

　最初は憤っていたものの、トレイシーはエリカの話を真剣に聞いてくれた。

「生意気を言ってごめんなさい。……でも、あなたはほかの方とちょっと違うと思います」

「どのあたりが？」

「だって、噂を完全には信じずに、確かめに来たのでしょう？」

本当に怖いのは、闇公爵家の者だからという理由で、石を投げつけるのに罪悪感を抱かない者だ。青年は少なくとも、聞く耳を持っている。

「迷い人だからというのもあるかもしれないが、君は客観性を持ってこの国を見つめることができる希有な女性なのかもしれない」

「客観性……？　黒髪というだけで差別される状況が嫌だから、自分の身を守るために勉強しているだけです」

「だとしても、君とはいつか手を取り合う日が来るかもしれない。そのときはよろしく頼む」

「え？　ええ……」

トレイシーが手を差し出した。いつか共闘できる日を願っての握手を求めているのだ。

エリカはためらいがちにその手に触れ――。

「ギャアァ！　痛っ！　なんで……？」

パチッ、と電撃が走って次の瞬間にはトレイシーの手が弾かれた。エリカの手の周囲にも静電気のような光がまとわりついていたのに、痛みを感じたのはトレイシーだけのようだ。

「あぁ……、すまない。『反射』の誤作動かもしれない」

　部屋の入り口付近にはダリルが立っていた。握手を交わそうとしていた付近に指先を向けていて、なぜか魔力をまとっている。

「ダリル殿！　絶対違いますよね？　……『反射』ではないようですが……」

　エリカも同意見だった。これは『反射』ではなく、兄の攻撃だ。

「お兄様……」

　危害を加えようとする者以外には寛容だという話の説得力がなくなってしまい、エリカは頭を抱えた。

「その魔法はまだ未完成だからエリカに触れるなと忠告したのだが？　トレイシー殿の記憶力には恐れ入る。エリカ、院長との話も終わったことだし、そろそろ帰ろう」

　言うやいなや、ダリルはエリカをひょいと抱き上げた。ダリルが狭量になってしまう原因は、エリカだ。

「はい、お兄様。……それではトレイシーさん、今日はありがとうございました」

「礼など必要ないぞ、エリカ。こちらが受講料をもらいたいくらいだ」

　ダリルは足早に大鷲がいる孤児院の庭へ向かう。エリカを抱えたまま華麗に跳躍して、大鷲の背に舞い降りる。

「行くぞ」

　合図を出せば、賢い大鷲はすぐに翼を大きく羽ばたかせる。

ダリルがエリカを抱きしめる腕の力がいつもより強い。痛みを感じるほどだが、そうなった場合の対策をエリカは知っている。

「お兄様……」

横抱きにされたまま、エリカはダリルの背中に手を回し、より強く抱きしめた。

「いかんな……。君はオブシディアン公爵家に縛られるべきではない、外の世界も知るべきだと……一応、私も望んでいる。……というか、そう考えるべきだと思っている」

本心では、血縁ではないのに唯一偏見を持たない存在であるエリカをもっと束縛し、自分以外のすべてから遠ざけたいのだろう。けれど、彼はなにがエリカのためになるかを忘れているわけではない。慈善活動に付き合うのも、トレイシーの同行を許したのも、すべてエリカのためだ。

「もし、広い世界に出ていくのなら……そのときはお兄様と一緒です。お兄様が行きたくない場所に、私は行きません」

エリカがオブシディアン公爵家の印象を改善しようとしているのは、あくまでダリルと共に歩む明るい未来のためだった。エリカが断言すると、ダリルの腕から力が抜けていく。

いつものように、エリカを愛しむ優しいダリルが戻ってきた。

「君が十八歳になるまでは、自重する」

そう言って、ダリルはエリカの額にキスをした。エリカは早く大人になりたいと願った。

第三章　妃候補になってしまった

異世界に迷い込んで約四年。エリカは十八歳の誕生日を迎えた。

そのあいだ、彼女は着々と印象改善計画を進めて、わずかな手応えを感じる日々を送っていた。

その後もエリカとダリルの訪れる先に、トレイシーが顔を出すことが何度かあった。ダリルの予想では、トレイシーは登城を許されている貴族の家系に連なるものらしい。

トレイシーと出会ってからしばらくして、孤児院など寄付で運営されている施設に対し、監査が入る制度が作られた。それは、運営資金の私的流用を防ぎ、正しく孤児たちのために使われているかを確認するためのものだった。

ダリルはこの件にトレイシーが関わっていると予想していた。ダリルは彼に会うたびに悪態をついているが、一目置いている様子だった。

トレイシーのような人が増えたら、道を歩くだけで卵を投げつけられることもなくなるのではないか、とエリカは期待していた。

漫画の設定ではあと一ヶ月ほどで『選妃』がはじまる。

エリカは変わらずダリルが好きで、ダリルと恋人になりたいと望むようになっていた。

結局、『選妃』に参加したいなどという心の変化は彼女の中に起こらなかった。

十八歳の誕生日は、エリカにとって大人の仲間入りをする日である。ダリルが自重をやめると宣言した年齢だ。

家族だけではあったが、エリカのために盛大な誕生日パーティーが開かれた。ジェームズは品種改良したという大輪の薔薇を贈ってくれたし、グロリアは新しい髪飾りをくれた。四年間変わらず、誰かの誕生日や記念日には皆で集まるこの関係が、エリカは大好きだった。

晩餐(ばんさん)が終わり、部屋へ戻ろうとするとダリルに引き留められた。

「エリカ、大切な話がある……。夜、部屋に行ってもいいか？」

頬を朱に染めてそう言われると、エリカは大切な話がどんな内容なのか想像し、期待してしまう。

大人の仲間入りをしたらダリルがどうするつもりなのか、エリカは鈍感ではないからわかっているつもりだった。

「……お待ちしています、お兄様」

心が落ち着かず、エリカは何度か転びそうになりながら、おぼつかない足取りで私室に戻った。すぐに愛猫を抱きしめて、ベッドに寝転がる。

（今夜、お兄様と……恋人になれるのかもしれない）

これまでダリルは額にキスをしたり、抱きしめたりという兄と妹という関係でも許される範囲の触れ合いしかしてこなかったのだが、それがもうすぐ変わるかもしれないのだ。

彼とのこれからを想像するだけで、心臓が高鳴って泣きそうだった。

「……ハッ！　お風呂に入ったほうがいいかもしれない」

エリカは急いで立ち上がり、部屋に備えつけられているバスルームに向かう。この国の風呂は、ガスではなく魔力を使っているということ以外は、日本とそう変わらない。

エリカの部屋の浴室には小さめの浴槽と固定式のシャワーがあり、ダリルのマジックアイテムで湯が出る仕組みだ。

エリカは手早く、けれど隅々まで身を清めた。寝間着を着るか服を着るか悩んで、締めつけの少ないワンピースを選ぶ。ダリルが来るとわかっているのに寝間着で出迎えるのは、まるで誘っているみたいな気がしたのだ。

頬の火照りをどうにかしたくて、エリカは少しだけ窓を開け、出窓にクッションを置いてちょこんと座り、愛猫のクロコを抱きしめた。まだ濡れた髪に風があたると涼しくて冷静になれた。

「入ってもいいか？」

やがてノックと一緒に呼びかけがあった。

「……は、はい」

同様のあまり、声が裏返る。立ち上がり、ダリルを出迎えるために扉のほうへ一歩足を踏み出すと、クロコがぴょんとエリカの腕から逃れてソファの上へ移動した。

　ダリルはすぐに扉を開けて、エリカのほうへ近づいてくる。

「入浴をしたのか？」

　たったひと言で心臓が爆ぜそうになる。エリカはコクンと小さく頷いたあとに俯いた。

　エリカはどういうつもりで入浴をしたのだろうか。自分でも自分の行動がよくわからない。ただ抱きしめられたときに汗臭かったら恥ずかしいと考えて――そう言い訳をした。

「……よ、よ、夜風で髪を乾かすのはよくない。私がやってやるから後ろを向いていろ」

　ダリルも挙動不審だった。開いていた窓を閉めてからエリカの髪に触れ、魔法で乾かしてくれる。今はまともにダリルの顔が見られないから、彼に背中を向けている体勢はありがたかった。

「出会った頃よりも伸びたな……。本当に美しい」

　この世界にやってきたときは肩に触れない程度のボブだったが、オブシディアン公爵家の皆がまっすぐな黒髪をほめてくれるから、エリカはできるだけ髪を切らないようにしていて、もう腰の長さになっていた。

　すでに乾いているはずだというのに、ダリルはそのままエリカの髪を弄び続ける。

「お兄様……あの！」

　いたずらは終わりにしてくれないと、困ってしまうのだ。エリカが振り返ると、ダリルの美しい金色の瞳が熱をはらんでいるのに気がついた。挑発するような視線のまま、ダリルはまっすぐな黒髪をすくい、そっとキスをした。

「エリカは今日から大人だ。大人の女性として扱っていいんだな？」

「はい……」

「そうか、ではエリカ。……愛している。私の花嫁になってくれ」

　言われた瞬間、エリカは歓喜で泣きたくなった。

「私をお兄様の花嫁にしてください。お兄様とずっと一緒にいたいです」

　ダリルは小さく笑って首を横に振る。

「兄妹ではない」

「お兄……、ダリル？」

「そうだ」

　ダリルの表情が和らぐ。他人に対し興味がない青年が、エリカだけに見せてくれる特別な表情だ。

「ダリル、ダリル……」

　用もないのに何度も彼の名前を口にして、エリカは恋人になったという実感を得ようとした。

　ダリルは髪から手を離し、ポケットをごそごそと漁った。しばらくして手のひらを広げると、輝く小さな輪っかがそこにあった。素材はおそらく金で、宝石などはついていないシンプルなデザインだ。

「エリカの育った国では、婚約の証に指輪を贈るのだろう？　左手の薬指だったな」

十五歳の頃にした話を彼は覚えていてくれたのだ。

ゆっくりと手が取られ、彼によって指輪が嵌められていく。

「お兄様……ダリルの瞳の色と同じです。綺麗……」

ダリルがエリカの手を持ち上げて口元に運び、キスをした。

「今、この瞬間からエリカは私の恋人で、婚約者だ。貴族の結婚には国王の承認が必要だから、明日しかるべき部署への報告と申請を行う」

「じゃあ、まだ結婚できないんですか？」

ダリルはエリカを自分のものにしたいと強く望んで、時々ヤンデレパワーを撒き散らしていたほどだ。それなのに、すぐに花嫁になれないという事実を知りエリカは少しだけ落胆した。

「気が早いよ。花嫁衣装を用意して、今日よりももっと盛大に祝うんだからな」

「だって……」

「だがあと少しだ。そうだな……半年後、私の誕生日に正式な夫婦となろう」

やっと兄と妹という関係から進んだその日に法的な繋がりを求めるのは、『選妃』のことが頭をよぎるからだろうか。

（でも、国に申請するのなら『選妃』に参加するなんて絶対にありえないわよね……？）

そもそも漫画の中では、エリカがダリルに無理を言って、魔力を持たないにもかかわらず『選妃』に参加したのだ。エリカが望まなければいいだけの話だとわかっているのだから、こだわる必要はない。

エリカはそう言い聞かせ、ダリルの恋人でいられるこれから半年の期間を大切にしようと決める。

「はい……。でも、恋人ならキスがしたい……大人のキス……」

ダリルはエリカを窓際に誘った。先ほどまでエリカが涼んでいた出窓に腰を下ろし、膝の上に彼女を乗せる。長身のダリルとは、そうすることで顔の位置が近づく。

エリカはダリルの肩に手を置いて、わずかに力を込める。引き寄せて、キスをねだった。

ダリルはすぐに願いを叶えてくれる。二人にとって唇へのキスはこれがはじめてだ。

想い合う二人が一つ屋根の下で暮らしているから、健全な関係でいられるように線引きが必要だったのだ。

アズライト王国の貴族は子供でも結婚できるらしいし、十六歳で大人としての権利を有する。ダリルはエリカの生まれた国での常識を重視して、ずっと待っていてくれた。

血の繋がらないエリカと兄妹でいるために、かなり我慢をしてくれたに違いない。その箍がこの瞬間、すべてはずれた。

ダリルはエリカの頭に手を添えて、エリカは手に力を込めて、互いを逃したくないという意思表示をしながら唇を重ねた。ダリルの唇は柔らかく、吐息は熱かった。

「……ん、ん」

ダリルは何度も角度を変えながら、エリカの唇をついばんだ。だんだんと腫れぼったく感じられてジンと痺れる。エリカはお返しに、彼の唇にも同じようにした。

競い合うように唇を重ね、やがて互いの深い部分を探り合う。口内を探られるのはこそばゆくて、意識がふわふわとしてしまう。いつの間にかダリルに与えられる感覚に気を取られ、されるがままになっていた。

「……だめ！」

しばらくダリルから与えられるキスに夢中になっていたエリカは、ハッとなって顔を背けた。

「なぜ？　頬が上気して、心地よさそうだ」

ダリルが真っ赤になった頬を指でたどりながらからかう。

「お兄様……ダリルにしてあげたいのに、動かれるとすぐにとろけてしまうから。お願い、じっとしていてください」

そうお願いをしてから、エリカはダリルを引き寄せるようにして自らの意思で唇を重ねた。ひっそりと舌を差し込んで、ためらいがちに絡める。

「ん！　んんっ」

動かないでとお願いしたのに、ダリルは言うことを聞いてくれなかった。厚みのある舌がエリカの歯をこじ開けるようにして、再び入り込んでくる。頬の内側や歯列をたどられると、またなにも考えられなくなってしまうというのに。

脳がドロドロになるほどに散々弄んでから、ダリルはキスをやめてくれた。けれど、それはほんの一瞬でまたすぐに顔を寄せてきた。

「――君こそ、じっとしているといい」

わざと吐息を吹きかけながら、ダリルが耳元で囁く。ゾワリとして体温が急激に上昇していく感覚にエリカは戸惑った。

ダリルは耳たぶを口に含んだり、舌先で転がしたりする。

「あぁ……ん、くすぐったい……う、だめぇ……」

「大人のキスがしたいんだろう?」

ダリルはエリカの言葉など無視し、いたずらを続ける。吐息がかかると、それだけで涙がこぼれるほど妙な気分だった。

「あ、……あっ！　しゃべっちゃ……ん！」

落ち着いた声でボソボソとしゃべられるとたまらない。エリカはダリルの胸を強く押して逃れようとするが、抱きしめられているためできなかった。

チュッ、と音を立ててダリルが耳への愛撫をやめた。次にキスが落とされたのは、首筋だった。

「ひゃっ、……あぁ、そこは……」

チョーカーを避けるようにしてキスがされた。きつく吸われたあとに唇が離れると、ジンと痺れる。ダリルはエリカのすべてに触れるつもりなのか、執拗だった。

「ん……！」

キスと同時に、彼の手が服の上からエリカの身体のかたちをたどっていく。大きな手のひらが胸に触れると、エリカは驚いて身体がビクリと跳ねた。

「エ、……エッチなことをしちゃうんですか？」

期待していたからこそ、エリカはつい先ほど、念入りに身を清めたのだ。けれどまだ結婚はしないと言っていたから確かにあったはずの覚悟がどこかに行ってしまっている。

嫌ではないが、少し怖かった。

「初夜までは抱かない」

「……ん、でも……ひゃぁっ！」

抱かないと言いながら、ダリルはエリカのワンピースを脱がせはじめる。

「だが、最高の初夜を迎えるための準備はしておく必要がある」

「準備？」

「そう、これから君の肌を暴いて、……ほぐして、うまく繋がれる身体にしてやる」

「でも。……あっ！　見ないで……恥ずかしい」

やがてワンピースの布地がお腹の付近に集まる。エリカの胸元を隠すのは薄いシュミーズ一枚だ。ダリルが好きな色だから、エリカは下着も黒を好んで着ていた。黒のレース素材のシュミーズは、十代の女性が着るには大人っぽいデザインだ。

ダリルとこうなることを意識したのが丸わかりだった。

　ダリルは一瞬だけ顔を上げて小さく笑った。決して馬鹿にするつもりではないと伝わるのに、たまらなく恥ずかしい。胸元にある細いリボンを解けばこの四年間で育った二つのふくらみがあらわになった。

「エリカは夫婦の営みについてどれくらい知っているんだ？」

　ダリルはエリカの胸に顔を埋め、布地をずらしながら柔い肌にキスをした。

「……わ、たし……あぁっ！」

　むずむずとして、身じろぎをしないと耐え難い。そちらにばかり気を取られてしまい、ダリルからの問いかけには答えられない。

「敏感だな。どれくらい知っているか、教えてほしいのだが」

　うまく答えられないエリカに、ダリルは意地悪をする。急に胸の頂が口に含まれて、そのまま彼の口内でコロコロと弄ばれる。最初は柔らかかったその場所がぷっくりと立ち上がった。

「はぁっ、……あぁ、私……スマートフォン……を……私の国ではどうしても、そういう情報が……だから、全部知って……」

「全部、だと？　スマートフォン、たしか異世界での通信技術だったたな。過去に〝えれくとりっく・あぷらいあんす〟についての著書を残した迷い人がいたが、〝えれくとりしてぃー〟とやらは魔力と似ているようで似ていないから、異世界の通信技術はこちらでは再現できていないんだが……」

「えれく……、英語……？　……過去……って、何年……あぁっ！」

ダリルは電化製品と電力を知っているらしい。迷い人はこの世界にない知識をもたらす存在だから、その部分はなんらおかしくない。

エリカが疑問に思ったのは、数十年に一度しか現れないはずの異世界人がなぜスマートフォンを知っているのかという部分だった。もし今の時代にもう一人迷い人がいるのなら、ダリルなら絶対に詳しい話を聞かせてくれるはず。だからほかの迷い人がいたのは遠い昔の話だとエリカは思っていたのだ。

真面目に考えようとするが、ダリルがキスをやめてくれないせいでふわふわとしてしまい、思考にもやがかかる。

「それで、その通信技術と夫婦の営みに対する知識はどう関係するのだ？」

「……あ、……んっ。絵……で……」

「絵？」

「エッチな絵とお話が……あって、どうしても……見えちゃ……あぁっ！」

漫画や広告のせいでそういった知識と無縁ではいられないのが現代日本人だった。

「そのスマートフォンとやらは、随分とけしからん技術だ。君は祖国では未成年だったのだろう？」

「でも……、知っているだけ、なの……！　全部、お兄様がはじめて、ひゃぁっ！」

ダリルの指先が内股を撫で上げて、エリカはひときわ大きな声を出す。胸は唇で、内股は指先で、同時に触れられたらどうしていいのかわからなくなる。

「お兄様じゃない」

「あぁっ、ダリル……。はじめては全部、ダリルにあげたいです」

エリカには知識はあるが、初恋すらまともにしていないままこの世界に迷い込んだ。今は、すべてをダリルにあげられることが嬉しくてたまらない。

エリカの言葉を受けて、ダリルの金色の瞳があやしく光った。グシャグシャになってまとわりついていたワンピースとシュミーズが強引に取り払われてパサリと床に落ちた。

残されたのは繊細なレースがあしらわれたショーツだけだった。

エリカはダリルの膝の上に座ったまま、ギュッと彼に抱きついた。そうすれば恥ずかしい場所を見られなくて済むと思ったのだ。

「私だけ……、じゃ……」

「今夜はこのままで。……私まで脱いだら理性が吹っ飛びそうだ。君の処女を奪うのは、新婚初夜にしたい」

エリカにはよく理解できないこだわりだった。ダリルが言うことを聞いてくれないのなら、エリカも守る必要はない。だからシャツのボタンに手をかけて、一つ、二つ、とはずしていった。するとダリルが咎(とが)めるような視線を向けてから、再び胸への愛撫をはじめた。

それだけではなく、ショーツの上からエリカの秘めたる場所にそっと触れた。

「あ、……あぁっ！」

今まで感じたことのない、衝撃にも似た快感がそこから生まれた。

「綺麗だ……。胸は私の手にちょうど収まって、こうしてほしいとねだっているようだ。それに、いい香りがして……もう子供ではないんだな……？」

エリカはコクン、コクンと頷いて、じんわりと目尻に涙をにじませながら、ダリルの手技を受け入れていった。やがて不埒な指先が、ショーツをずらして入り込んでくる。

クチュリ、と湿った音が妙に響いた。

「濡れている……。どうして濡れるか、わかるな？」

浅い部分ばかりに指を這わせているうちに、内側から蜜が溢れ、動きがなめらかになる。

「ダリルの指が気持ちいいからです……。繋がりたくて、そうなるの……」

正しい回答に褒美が与えられる。ダリルはエリカのこめかみのあたりにそっとキスをしてくれた。

「いい子だ……」

水音を立てながら、ダリルはエリカの秘めたる場所への愛撫を続ける。慎ましい花びらをなぞるようにしながら、時々中心の浅い部分をまさぐる。強い力ではないのに、敏感な場所に触れられるたび、エリカはビクリとわかりやすく反応してしまう。

ダリルはそれを見逃さず、どこが心地よいのかを確実に覚え、そこばかりを攻めてくる。

「……あっ、そこ……は、そこ……だめ、だめ、だめぇっ」

ダリルが花びらの先にある一点に触れた瞬間、エリカは急激に身体が昂るのを感じた。

そこを強く押されたら、きっと壊れてしまうのだとすぐに察する。

「触れていくうちに硬くなる……。だめじゃない、いい……というのだろう?」

「でも……!　でも、壊れちゃう……、壊れちゃう……あぁっ!」

ぷっくりと充血した花芽で感じるのは痛みではなく、怖いくらいの快楽だとエリカは正しく認識していた。けれど、未知の感覚は恐ろしく、ダリルの上で暴れて指から逃れようとした。

「必死になって……可愛いな……」

「ゆ……許して……ダリル……、これはだめ……あ、あぁっ、う……やぁっ」

彼はやめるどころか、エリカの腰に手を回し、逃れられないようにしてから胸に吸いついてきた。

「や、やだ……あぁ、だめ……。おかしく、なっちゃ……」

胸の頂は口で、敏感な花芽を指で——それぞれめちゃくちゃに愛される。全力で走ったあとのように息が苦しく身体が熱かった。

両脚に力を込めていないと、どこかに飛んでいってしまいそうな不安に苛まれながら、エリカは高みを目指していた。

「……あ、私……もう、……なにか、来るの……あああぁっ!」

ギュッ、と強めに花芽を擦られてあっけなく限界が訪れた。背中を反らして、やり過ごしてもどうにもならないほどの波が襲いかかり、エリカを呑み込んだ。

　後ろに倒れそうになると、ダリルが引き寄せて胸の中にかき抱く。エリカは彼のシャツに顔を埋めながら、大粒の涙をこぼし、続く快楽の波を耐え忍ぶ。

　身体がはしたないほどビクン、ビクン、と震え自分の身体が自分のものではなくなってしまったかのようだった。

「我ながら罪深いな……エリカを泣かせるなんて……」

　ダリルは花園に触れていた手を引き抜いて、ただ背中を撫でてくれる。エリカの中にある激流はまだ消えてくれないままだが、わずかに凪いでくる。

「少しは落ち着いたか？」

「はい……、はじめてだから……はぁっ、身体がまだ……慣れなくて……」

　やめてと言ったのにやめてくれなかったのも、ダリルに泣かされたのもはじめてだ。涙の理由は未知の経験への戸惑いだとわかっているから、ダリルはどこか得意げだった。エリカにはそれがほんの少しだけ腹立たしく感じられた。

　エリカは荒い呼吸を繰り返しながら、しばらくダリルに寄りかかっていた。彼が髪を手で梳くだけでなにもせずにいてくれたおかげで、エリカはようやく落ち着きを取り戻す。

「このままでは眠れないだろうから、拭ったほうがいいだろう」

　ダリルは膝の上に乗せていたエリカをそっと下ろして、出窓に座らせた。

「はい、もう一度入浴……えっ？」

　エリカはそのまま部屋にある浴室へ向かおうとしたのだが、その前に足に蔓のようなものがまとわりついて身動きが取れなくなってしまった。正体はダリルの魔力だとすぐにわかるから恐ろしいとは感じないが、なんだか嫌な予感がする。

「下着は先に脱がせるべきだったな」

蜜で濡れたショーツを見つめながら、ダリルがボソボソとつぶやいた瞬間、エリカのショーツが黒い炎に包まれ、一瞬で消えた。もちろんエリカには熱すら伝わってこない。

「お兄様⁉」

「兄ではない。……さあ、見せなさい」

なにを言われているのか理解するまでに、十秒以上の沈黙が必要だった。

「自分でできます！」

「こうなってしまったのは私のせいなんだから、私が清めるのが当然だ。恋人の役割を奪ってはいけない」

蔓が這い上がってエリカを拘束した。力を込めても抗えず、勝手に脚が開いていく。

「や……やだ！　ダリル、見ないで……そんな場所……だめ！」

「今夜のエリカは『だめ』が多いな」

抵抗したせいで体勢が崩れる。エリカの背後にはガラス窓があるのに、ずるずると後退しても硬い窓にはあたらない。蔓が窓とエリカのあいだを隔て、背中を支えているからだ。

ダリルが床に膝をついて、エリカの内股にキスをはじめた。

「あぁっ！　どうして……？　今日はもう、終わりに……」

「だから清めているのだろう」

シュルリと蔓が這い、エリカの胸にまで絡みついてきた。突起を軽く締めつけるようにしながら蠢くのはなぜなのか。

この植物に似たなにかを操っているのはダリルだ。清めるためだなどという言い訳は通用しない。

「そんなところ、舐めちゃだめ……！　本当に、汚いから……あぁ」

舌での愛撫が花園へと近づく。エリカが膝に力を込めて抵抗するが、絡みついた蔓が頑丈でびくともしない。

「エリカはどこもかしこも美しいよ。……それに私のために身を清めたばかりなのだろう？　花の香りしかしない」

ダリルはわざと鼻先を鳴らして、エリカの肌の香りを確かめる。そのまま舌を伸ばし、蜜で濡れた花びらのかたちをたどっていく。

「あ、あぁっ、……おかしくなっちゃうっ！」

弾力のあるなにかが花園の中心を執拗にまさぐっている。ひっきりなしに蜜が溢れ、これでは拭き取っていることになるはずはない。

ジュッ、ジュッ、と吸い上げられ、ダリルは口に含んだ蜜をいったいどうしているのだろうか。エリカは理解が追いつかなくて、なんとか抵抗を試みる。

「ん……、舌は……あぁっ、あ、はぁっ、ん！」

唯一自由になる手をダリルの頭に添えて、エリカは必死に彼を遠ざけようとした。するとまた蔓が成長をはじめ、エリカの腕にまとわりついてくる。蔓薔薇のようでいて棘はなく、エリカに痛みを与えることもない。ダリルの意思で動く蔓は、エリカの腕を背中のほうへ持っていき、そのまま拘束してしまう。

裸のまま蔓をまとうエリカは恥ずかしい場所を隠すことすら許されずに、兄の前にすべてをさらけ出している。

「溢れてきて、これでは確かに清めている意味がないな」

ダリルは手を伸ばし、花芽の上あたりにそっと触れた。わずかに力を込めて敏感な豆粒を剝き出しにする。

フッ、とその場所に息が吹きかけられたと感じた次の瞬間、つま先から頭までを貫くような刺激がエリカに襲いかかった。

「あ、あぁっ、……あぁっ、ん！　強い、よ……お兄様っ！　壊れちゃう……」

足を閉じて逃れたい。それが叶わないのなら、腰を浮かせてやり過ごしたかった。今のエリカにはそのどちらも許されていない。過ぎた快楽は苦しみに似ていて、エリカは大きく何度も息を吐きながら、ダリルの与える刺激に耐えた。

「お兄さ……ダリル……！　あ、あぁっ、私……また……」

一定の律動で敏感な花芽の上を舌が這う。たったそれだけのことでエリカはまた高みに昇り詰めようとしていた。

ダリルの長いまつげと伏せられた瞳を眺めながら、エリカはだんだんと抵抗する気を失っていく。ダリルはどんな淫らなエリカでも受け入れてくれる人であり、この恥ずかしい行為もすべて彼の望みだ。

これが彼の愛情だというのなら、もうなにも怖がる必要はないし拒絶する意味もない。そんなふうにエリカは壊れていった。

「……気持ちいい、の……あ、あぁっ、あ……ふっ、あぁ！」

額や首のあたりから汗が滴り落ちて、息が苦しい。けれども受け入れる覚悟をするとそれ以上に心地よかった。

「あぁっ、達く……、の……もう、達っちゃ……あぁぁあっ！」

つま先に力を込めた瞬間、エリカは二度目の絶頂を迎えた。一度目よりも大きな波が押し寄せて、何度もビクン、ビクン、と身を震わせた。お腹の奥からドッと温かい蜜がこぼれ落ちるのがわかった。

身体がくたりと弛緩するのと同時に、蔓の拘束が解かれた。そのまま前のめりに倒れそうになると、ダリルが受け止めてくれる。

「君の身体は涙の一粒すら私のものだ……」

もうどこにも力が入らず、目を開けているのが億劫になっていった。疲労とそれに伴う眠気に抗えず、エリカはダリルに抱きしめられたまま意識を手放した。

ニャーという鳴き声で、エリカは目を覚ました。うっすら目を開けると、すぐに黒い毛に覆われた金色の瞳の猫が真正面にちょこんと座っているのが見えた。

「おはよう、クロコ」

クロコはもう一度ニャーと鳴き、朝の挨拶に応えてくれた。半身を起こすと、寝間着が着せられていることに気がついた。昨晩は太ももまで濡れていたのに、今はもうその感覚は残っていない。おそらくはダリルが水の魔法で清めてくれたのだろう。けれど、深く考えないほうがいい。十八歳にもなって、誰かに身体を洗ってもらうなど恥ずかしすぎる。

彼にされたことの名残は、身体の節々の痛みで感じる程度だった。

「お兄様は……」

シーツにぬくもりが残っていないことから、ダリルはエリカを寝かせてから私室で眠ったと推測できた。

（お兄様は昔から一緒に眠ってくれない人だもの……）

好きな人と朝を迎えるのは、まだ半年先になりそうだ。今まで、エリカが夜中にうなされて泣き出したことが何度もあった。そんなときダリルは一晩中寄り添ってくれるのだが、一緒に寝たいとお願いしても絶対にベッドの中には入ってこない。

あんなに淫らなことをしたくせに、身体を繋げるのは初夜だと断言するダリルの常識はエリカに理解し難いのだが、一緒のベッドで眠らないのもきっと彼なりの線引きに違いない。

エリカはのそのそとベッドから這い出て、窓に近づいた。カーテンを開けると太陽は高い位置にあり、かなり寝坊してしまったのだとわかる。

タッセルでカーテンをまとめようとすると、左の薬指に金色の指輪が光っていることに気がついた。十八歳の誕生日プレゼントであり、婚約の証だ。

「ダリル……」

慣れないせいでまだ呼称が混ざってしまう。けれど昨晩から、彼はエリカの兄をやめたのだ。着替えを済ませて早く会いたいと思う一方で、どんな顔をすればいいかわからない。

ダリルのことを考えるだけで心がざわざわとして落ち着かなかった。

メイドの手を借りながら着替えをしていると、終わった頃を見計らったかのように扉がノックされた。

「目が覚めたか？」

現れたのは朝食のトレイを手にしたダリルだった。普段はダイニングルームで皆揃って食事をするのだが、今日はもう終わってしまったのだろう。

「おはようございます、お兄様」

呼び方を変えたことを誰かに知られるのが恥ずかしかった。だからエリカはダリルを悲しませるかもしれないとわかっていたのに、どうしても彼の名を呼ぶことができなかった。

　おずおずと彼の様子をうかがうと、ダリルは小さく笑ってエリカを許してくれた。

「朝食にしよう」

　ダリルはメイドを下がらせてからエリカをソファに座らせた。彼も隣に座り、せっせと紅茶を注いでくれる。

「よく眠れたか？」

「はい。……お仕事はどうされたのですか？」

　ダリルは城勤めの魔法使いで、この時間ならばもう勤務中だ。

「エリカとゆっくり過ごしたいから休暇を取ってある。午後は一度、申請のために登城せねばなるまい」

　なんの申請であるかは、昨日説明を聞いていた。エリカは小さく頷いて、そのまま下を向いた。

「……フッ、やはり恋人の期間を設けて正解だっただろう？　少しずつ、新しい関係に慣れていこう」

　ダリルが予告なくエリカの耳に触れた。真っ赤になって、感情が隠せていないと言いたいのだろう。

　ダリルは普段からとにかくエリカの世話を焼きたがるのだが、今日はとくに甘やかしに拍車がかかっていた。

　パンにジャムを塗って差し出したり、紅茶にははちみつとミルクをたっぷりと入れてかき混ぜたりしてくれる。エリカは親鳥から餌を与えられる小鳥の気持ちになりながら、甘い朝食の時間を過ごした。

　食事を終えると柔らかいナフキンで口元が拭われた。ダリルはそのままエリカにキスをはじめてしまう。朝の挨拶にしては濃厚で、油断すると甘い声が漏れてしまいそうだった。

　つい先ほど、恋人という関係に慣れるまで時間が必要だと理解する素振りをしていたのに、ダリルは結局待ってくれない人だった。

　キスはいつまでも終わらず、それどころか不埒な指がエリカの首元を飾るチョーカーに手をかけた。

　ちょうどそのとき、急に部屋の外が騒がしくなり、エリカは慌ててダリルから離れた。

　ドンドン、とけたたましいノックが鳴り響き、ジェームズとグロリアがやってきた。

　ジェームズはかなり焦った様子だった。手紙を握りしめていて、力を込めたせいでグシャグシャになっている。隣に立つグロリアは青筋を立てて不機嫌そうだった。

「ダリル、エリカちゃん……！　大変なことになった」

　なにかよくない知らせが届いたのだと察せられた。

「エリカの食事が終わったばかりなのですが……。いくら父上でも邪魔は許しませんよ」

「いや、それどころではない。……『選妃』だ……」

「それがなにか？　たかが『選妃』など取るに足らない」

　未来の王妃が誰でも、ダリルにはどうでもいいらしい。けれど、『選妃』が気になるエリカは両親を部屋に招き、とりあえずソファに座ってもらった。

「……よく聞いてくれ。エリカちゃんに、候補者として『選妃』に参加せよとの勅命が下った」

「なんだとっ！」

強く握ったせいでしわのついた手紙には、王家の印があった。ダリルはその手紙を受け取り、目を通す。たちまち人でも殺しかねない悪人面になってしまった。

「嘘です、よね……？」

エリカは縋るようにジェームズとグロリアを見つめた。二人とも暗い顔をして、首を横に振る。

「だって、闇公爵家の人間が妃候補になったことなどないって……。それに私は望んでいないですし、第一王子殿下には会ったこともない。社交界にも出ていないのに」

エリカは甘かったのだろうか。漫画の中の悪役令嬢は、王子に思いを寄せ、自らの希望で無理矢理『選妃』に参加した。現実のエリカはダリルを愛しているのだからそれだけで回避したつもりになっていた。

「……エリカが行った慈善活動が評価されたらしい」

サー、と血の気が引いていく感覚に陥り、エリカは思わずダリルに寄りかかった。

「あれは！　オブシディアン公爵家のこれからのために、住みやすい世界にしたいって思って。……崇高な志があってのことではないのに、それなのに！　……断れないのでしょうか？　だって私はダリルの……」

エリカは縋るような気持ちでダリルを見つめた。少なくとも、漫画の中では候補となった令嬢たちは、本当に第一王子の妃になりたいと望んでいたはずだった。想う相手のいるエリカは除外されるべきだった。

「君が迷い人であることが関係していて、おそらく辞退はできない。すまない、エリカ……こんなことなら、一日早く申請しておけばよかった」

「私が、大人になる年齢が十八歳だなんて言ったのがいけなかったんです。でも、大丈夫ですよね？　オブシディアン公爵家の女性が妃になったことなどないのでしょう？」

まだ何人もいる候補者の一人になっただけだ。それに、エリカは自分が未来の王妃にふさわしいなどと到底思えなかった。

「そうだな……、第一王子は評判のいい人物だ。候補者の選定はともかくとして、君を無理矢理妃に据えようなどとは考えない――そう祈ろう」

ダリルの言葉に、ジェームズとグロリアも頷く。けれどダリルの表情は浮かないままだった。

エリカは『選妃』に参加するということそのものに漠然とした不安を感じつつ、ダリルを好きでいる今の自分がほかの令嬢をいじめるはずもないのだから、漫画と同じ結末にはならないと心に言い聞かせた。

◇◇◇

数日後、エリカは第一王子トレヴァーに謁見するために、ダリルと一緒に城を訪れた。

普段の動きやすさを重視した服装ではなく、コルセットが必要なドレスをまとうとそれだけでエリカは呼吸困難になりそうだった。いつもよりきっちりとした服をまとうダリルの姿を眺められることが唯一の安らぎだった。

ダリルと一緒に『選妃』について文官から説明を受けてから、城内のサロンへ向かった。

トレヴァーはエリカと二人で会うことを希望していて、それを聞いたダリルが闇の魔力を垂れ流し文官を失神させてしまうという事件を起こした。

エリカは兄をなんとかなだめてから一人で第一王子が待つ部屋へと入る。

太陽の光が差し込む部屋の窓際に、青年が立っている。

「エリカ・オブシディアン殿。……ようこそ」

「お初にお目にかかります、第一王子トレヴァー殿下」

アズライト王国第一王子は美しい銀髪に青い瞳を持つ青年だった。漫画の表紙そのままのイメージで、キリッとした顔立ちだが、優しそうな雰囲気を併せ持つ人物だ。歳はエリカより二つ上の二十歳だという。

トレヴァーはソファを指して、エリカに着席を促す。テーブルには紅茶やケーキが用意されている。最初は給仕の者がいたのだが、用意が終わったら下がってしまい、二人きりになった。

「……じつは、はじめてじゃないんだ。君とは何度か会っている」

エリカは首を傾げた。なにせ兄と一緒に印象改善計画をする以外、ほとんど屋敷で過ごしているのだ。王侯貴族が集まる場所には行ったことがないので、面識があると言われても、思いあたらない。

すると、トレヴァーは胸のポケットからサッと眼鏡を取り出した。

「あ……！」

眼鏡をかけている知人は、孤児院で時々顔を合わせていたトレイシーだけだ。

「わかっただろう？」

姿を偽る魔法をかけていることや、おそらく貴族だということまでは予想していたが、彼が第一王子という事実にエリカは驚く。

「……その節は、生意気な発言をして申し訳ございませんでした。どうかご容赦ください」

「いいよ。不快だと感じていたら、もう一度会いにはいかなかったし、妃候補にもしなかった」

眼鏡の青年――トレイシーがトレヴァーならば、世間で言われている第一王子の評判が事実であるとエリカも信じられた。

彼はオブシディアン公爵家が急に慈善活動をはじめたことにより噂された疑惑を確かめようとしていたものの、根拠のない話を信じ、エリカたちを貶めることはなかった。

理解を示し、いつか手を取り合う日が来る可能性を考えてくれていた。

（少女漫画のヒーローにふさわしい、本当にいい人なんだ……）

だったら、エリカも彼に誠実でいなければならないだろう。

「トレヴァー殿下。お願いがございます」

「なんだろう？」

「私を選ばないでください……。なにかの間違いだと思うのです。魔力がないのはご存じでしょう？　それに、貴族の令嬢に求められる教養も足りません」

エリカは勤勉ではあるのだが、この世界にやってきてまだ四年しか経っていない。

高位貴族の令嬢は、幼い頃からダンスや刺繍、楽器、外国語を学ぶという。エリカはこの四年でアズライト王国の言葉を完璧に会得したものの、それ以外の言語はまったくだ。

ダンスは社交界に出ないので練習すらしていない。裁縫も苦手だし、ピアノも習っていなかった。

得意なのは身を守るために学ぶ必要のあった歴史学、それから計算くらいだ。

そしてなによりも、この国は魔法がどれだけ使えるかで人の優劣が決まる。エリカはオブシディアン公爵家の養女だが、魔力を持たない。

「迷い人は、この国に恩恵をもたらす存在だ」

「それは、知識や技術を持った人ならば……です。私は子供でしたから、なにも持っていません」

「そうかな？　でも君の存在は数百年変わらなかったオブシディアン公爵家を変えようとしている」

エリカは戸惑った。オブシディアン公爵家の変化を、彼や王家は歓迎しているのか疑わしかったからだ。

「闇公爵家が民の理解を得たら、王家を脅かすかもしれないとお考えなのですか？　だから私を家から引き離すために……」

「それは誤解だ。君には王家とオブシディアン公爵家の関係改善のための象徴となってほしいと思っている。悪い話ではないだろう？」

それは、孤児院で出会って交わした約束と矛盾しなかった。

ただ、トレヴァーは一つ大きな勘違いをしている。エリカとトレヴァーが親しくなることを、闇公爵家当主であるダリルは歓迎しない。その方法では両家の架け橋にはなれないのだ。

エリカは膝に置いていた手をギュッ、と握って率直な気持ちを打ち明けることにした。

「でも、私はお兄様が……。私にとってこの世界で一番大切な方はお兄様です。お兄様がすべてなんです……だから引き離さないでいただきたいのです」

エリカは真剣だった。トレヴァーは目を見開いてしばらく黙り込んでいた。

「……ごめん。仲がいいとは思っていたけれど、恋人同士には見えなかったから」

彼の前でもダリルはエリカを溺愛している言動を隠していなかった。

けれど、恋人や夫婦には見えていなかったのかもしれない。相手が定まっているのに婚約すらしていない状況もよくなかったのだ。

「私が大人になるまで待ってくれたのだと思います。……私も、血が繋がっていないのに恋人になりたいなんて願ったら、兄妹としての関係が壊れてしまう気がして踏み出せませんでした」

四年かけてその関係が変わった翌日に、まさか妃候補になってしまうとは誰にも予想できなかった。

「君は、あらゆる意味でほかの候補者とは違う」

「異世界人ですからね……」

「いいや、私が個人的に候補として推したのが君だけという意味だ。ほかの候補者は何年も前から決まっていて、だからこそ婚約者が定まっていなかった」

妃候補となるのは、十六歳から二十歳くらいの高位貴族の令嬢だ。

本来、貴族の令嬢はそれくらいの年齢までに婚約者を定めたり、早い者は結婚していたりする。だが『選妃』候補に選ばれそうな令嬢は、あえて婚約者を持たない。

当然、事前の打診や本人や家族の意思確認もあるはずだった。

「なぜ、私を……？」

『選妃』に参加する者は、それだけで一流の淑女だと見なされる。もし選ばれなかったとしても結婚相手には困らないので、『選妃』を目指す令嬢は多いという。

個人的に望まれた理由が、エリカには思いつかない。

「語学や淑女のたしなみはあとからでもどうにでもなるし、絶対に必要な素質とは言い難い。……広い視野を持っている者こそ、未来の王妃にふさわしい。大人になってから考え方を変えるのは難しいだろう？　エリカ殿、私にもチャンスをくれないだろうか」

「チャンス、ですか？」

「私のこともっと知ってほしいんだ。君は公爵家以外の人間とほぼ関わりを持っていないはずだ」

「外の世界を知ったからと言っても、私の気持ちは変わりません！」

思わず語気を強める。まるで、エリカがダリルを愛する理由は、ほかの男性を知らないからだと言われているようだった。

「だとしたら、『選妃』に参加してくれるだけでいい。選定期間のあいだにダリル殿への想いが変わらないのなら、諦めるから」

「で、ですが……私は、『選妃』には参加したくありません。ご存じでしょう？　……この国で黒髪がどれくらい嫌われているか」

望んでいないのに、漫画のとおりに話が進んでいる気がして、エリカは怖かった。

「それを変えるために動いていたのだろう？　卑怯だとわかっているが、辞退はしないでくれ。……辞退すると、公爵家の立場が悪くなる」

エリカのためなら多少悪く言われても気にしない性格のダリルですら、辞退は難しいと言っていた。トレヴァーも同じ考えのようだ。

「オブシディアン公爵家が王家の意向に逆らい、迷い人を独占しようとしていると見なされる……とおっしゃりたいのですね？」

トレヴァーがゆっくりと頷いた。きっとエリカにだけ事前の打診がなかったのは、闇公爵家が回避するために策を巡らすことを警戒してのものだ。

例えば、病弱など健康面の不安を理由に辞退することはできないか考えてみる。けれどエリカの場合は、本来国が管理すべき迷い人を強引にオブシディアン公爵家が保護している状態である。

迷い人の健康を管理するために城から医師が派遣されたら嘘がバレる。

エリカはそれくらいどこからどう見ても健康だった。どれだけ足掻いても、今更決定は覆らない。

「……わかりました。私……いいえ、私たちは王家と敵対する気はありません。それだけは申し上げておきます」

「今は、その言葉だけで十分だ」

そこから先は雑談だった。出会った日のことや、孤児院での出来事を振り返る。トレイシーとして会っていたときは気兼ねなく話せていたのに、正体を知ってしまったためにぎこちない。謁見の時間が終わるまで、緊張を強いられた。

「それでは失礼いたします」

「……ダリル殿のところまで送る」

そう言って、トレヴァーはエリカの手を強引に握った。拒絶したら不敬罪になることを心配し、エリカはその手を振りほどけなかった。

サロンを出てしばらく進むと、進行方向に人影が見えた。

（ふわふわとしたプラチナブロンドの髪、大粒のアメジストみたいな瞳……あの子がアイリス・ホワイトパール……？）

おそらく今日は候補者たちが第一王子に挨拶をする日なのだろう。エリカとは時間差でアイリスも招かれていたのだ。

父親と思われる紳士に手を引かれていたアイリスは、こちらに気づくと廊下の端に寄り、淑女の礼をした。

（このシーン……）

エリカは『あなたに一粒の真珠を』で、アイリスがはじめて悪役令嬢と出会うシーンを思い出す。場所は城内の回廊で、漫画のシーンと一致する。

漫画の中のエリカは嫌がる第一王子の腕を無理矢理取って、アイリスに闇公爵家の力を誇示するのだ。それだけではなく、去り際に魔法でアイリスをわざと転ばせる。

そして彼女を心配するふりをして近づいたエリカは「なにもない場所で転ぶなんて、淑女失格ね」とあざ笑う。

もちろん、アイリスはヒロインなのだからかわいそうな目に遭うだけでは終わらない。

トレヴァーが転んだアイリスに手を貸して、二人の関係が進展するイベントへと繋がる。

この一件でエリカはアイリスを敵視するようになり、露見しないような狡猾な嫌がらせをはじめる。

(とにかく私はアイリス様をいじめちゃいけないのよ。むしろ、トレヴァー殿下との恋を応援してあげたい)

そうすれば皆が幸せになる。

「……あぁっ！」

「どうしたんだ？　アイリス」

エリカはなにもしていないというのに、アイリスが地面に膝をつき、彼女の父親が騒ぎはじめる。

「申し訳ありません、このような醜態を晒すなんて……恥ずかしいですわ」

「アイリス殿。具合でも悪いのだろうか？」

トレヴァーが立ち止まり、問いかける。

「急に、目眩がしたのです。……わたくし、どうしたのかしら……」

大きめの瞳が潤んでいて、同性のエリカでも思わず守ってあげたいとか、助けてあげたいと考えてしまう。

「恐れながら殿下、アイリスは聖なる光属性の魔力を保有しております。相反する闇属性の邪悪な力にあてられたのでしょう」

アイリスの父親が、エリカをにらみつけながらそう断定した。

「え？　私のせいですか⁉」

エリカがなにもしていないというのに、なぜか漫画と似たような状況になってしまった。しかも闇属性はべつに邪悪な力ではない。

「お父様！　そんな、これから一緒に競い合う方になんてことを」

アイリスは一度立ち上がろうとするも、再びよろけてしまう。頭痛がするのか、額のあたりに手をあてて俯く。

「おかしいな」

「なにがおかしいとおっしゃるのですかな？」

アイリスの父親がトレヴァーに問いかける。

「エリカ殿は、闇属性の魔力を持っていないんだ。そもそもオブシディアン公爵家の血縁ではないから」

ホワイトパール伯爵家の二人が同じタイミングで目を見開いた。迷い人をオブシディアン公爵家で保護しているという事実は四年前から隠していないが、きっと表に出てくることのないエリカの存在を忘れている者は多いのだ。

エリカのせいでアイリスが倒れたとしたら一大事だ。無意識のいじめになってしまうことを恐れたエリカは、闇の魔力を自分がまとっていないか考えてみた。

「闇属性のマジックアイテムは無関係でしょうか？　その影響なら、私は……」

兄の魔力のせいで具合が悪くなるという主張は腹立たしいが、エリカにとって『選妃』は鬼門だ。いっそ、闇属性の魔力のせいで城の出入りが禁止になればいいとエリカは可能性を口にする。

「……城の守備にはダリル殿の開発したマジックアイテムが使われている。アイリス殿は、何度も城を訪れているはずだけど今まで一度も倒れたことがない。そうだろう？」

静かだが、厳しい口調だった。

確かにダリルは様々なマジックアイテムを開発している。城の守備に使われる大がかりなものから、都の民の生活に欠かせない便利な道具まであり、誰もが日常的に闇属性の魔力に接している。トレヴァーの主張は正論だった。

「は、はい……。もしかしたら、緊張のせいかもしれません……大変失礼をいたしました」

瞳を潤ませて、アイリスは謝罪をした。彼女はなぜか濡れ衣をかぶせたエリカではなくトレヴァーだけを見つめていた。

「そう。……妃候補を輩出する一族ならば、今後は思い込みで他者を貶めることがないように頼む。私はエリカ殿を送らなければならないから、予定時刻まで控えの間で休んでいるといい」

トレヴァーはエリカをエスコートして再び歩き出す。エリカは床に膝を突いたままのアイリスが気になり振り返った。

すると、到底ヒロインとは思えない顔をしてエリカのほうをにらんでいた。

（これって嫌がらせよね？　似ている展開になるのに、どこかおかしいのはなぜ？）

ヒロインであるはずのアイリスは悪意を持って闇属性の魔法を貶めようとしたのだろうか。そんなことをしなくても、エリカだってアイリスとトレヴァーの仲を応援するつもりだというのに。

なによりもこの時点で、トレヴァーはアイリスに好意を抱いているはずだが、彼からそんな様子は感じられない。エリカとしては気になって仕方がなかった。

「……そういえば、アイリス様は絵がお上手なんですよね。殿下はご覧になったことはおありですか？」

歩きながらの雑談として、エリカは二人の出会いについて探りを入れる。

「以前から妃候補の一人だったから、誘われて個展に行ったことがある」

あくまで義務だからそうしたと言っているようだった。

この部分も、漫画と大きく違っている。アイリスはホワイトパール伯爵家で虐げられていて、ひっそりと絵を描いていた植物園の温室でトレヴァーと出会うのだ。エリカの行動が予定と違うために起こった変化は、関わりのないホワイトパール伯爵家に影響するものだろうか。

「特技があるって素晴らしいですよね」

エリカがアイリスをほめると、トレヴァーが顔をしかめた。

「……エリカ殿。そうやってあからさまにほかの令嬢をすすめないでくれないか？　私が個人的な希望で候補に入れたのは君だけだと言ったはずだ」

「ごめんなさい……」

エリカはただ、漫画との差異を確認したいだけだったが、誤解されてしまった。

(まるで立場が逆転しているみたい)

漫画の中ではアイリスがトレヴァーに望まれて特別扱いされ、それに嫉妬したエリカが陰湿な嫌がらせをするのだ。実際には設定が逆で、体調不良が演技だったらエリカこそ嫌がらせを受けて、悪役令嬢に仕立てられそうになっている不憫な人間と言えた。

考え事をしながら歩いていくと建物の出口付近にダリルの姿が見えた。

「……私としたことが、単純な変装に気がつかないとはな」

ダリルは時々顔を合わせていたトレイシーの正体に思いあたったようだ。

「気がつかなかったのではなく、興味がなかったんでしょう。それにダリル殿の目をごまかすための変装を簡単に見抜かれたら王族失格だ」

城勤めの魔法使いであり公爵でもあるダリルは、当然トレヴァーとは面識がある。ダリルはもちろん、トレヴァーも大変優秀な魔法の使い手なのだろう。

二人とも口角を上げてはいるものの、目が笑っていない。

「トレヴァー殿下。送ってくださってありがとうございました。それではまた『選妃』の折に……」

穏やかなようでいて、ゾワリと鳥肌が立つような雰囲気に耐えきれないエリカは、とにかく屋敷に帰りたくなった。

「そうだね、今日のところは兄君にお返ししよう」

トレヴァーはエリカの手を軽く握ってから腰を落とし、手袋越しにキスをした。紳士淑女の挨拶としてはごく一般的に行われている作法だ。

けれど、周囲に黒い霧が立ち込めて、二人のあいだを隔てる。霧が蔓に変わったと思った次の瞬間、それがエリカに絡みつき、気がつけばダリルに支えられていた。

「それでは失礼する」

冷ややかな声でそれだけ言って、ダリルは妹を連れて馬車に乗り込んだ。

「お兄様……ダリル……」

馬車の中でダリルはエリカを膝に乗せたまま離す気配はなかった。先ほどまでトレヴァーに握られていた手を取って、手袋を燃やした。

（や、やっぱり……）

ダリルは相当不機嫌だった。魔法で水を生み出してしつこく手を清めてから、トレヴァーのキスを書き換えるために唇を這わせはじめた。

音を立てて強く吸いつかれるとピリッと痛みを感じた。けれど、ダリルはどんなことがあっても、エリカを壊すような真似はしない人だ。エリカにできることは、ただ彼を信頼し、肯定することだけ。

だからほどよく鍛えられた胸にもたれて、彼の好きなようにさせていた。

城から公爵家までの道程がやけに短かった。カーテンのせいで外の様子が見えないが、道を進んでいるとは思えないほど揺れが少ないから、おそらくダリルが魔法でなにかをしたのだろう。

あっという間に屋敷の車寄せに到着すると、ダリルがエリカを抱き上げた。そのままエリカの私室に運ばれて、備えつけのバスルームに連れていかれる。

「ダリル？　あの……」

「よく清めないと」

トレヴァーは不潔ではないし、ダリルは車内でエリカの手を洗っていた。それでも彼は家族以外の者がエリカに触れることをどこまでも嫌がる。

「私が自分でしますから。……あっ！」

エリカを無視し、ダリルはドレスを脱がせはじめる。繊細な布地が破れてしまわないか心配になるくらいに強引で、抵抗もままならない。コルセットや絹の靴下、ショーツすら一切の躊躇なく剝ぎ取られた。

上着を脱ぎ捨てたダリルが近づいてくる。そのまま浴室へと追い込まれ、すぐにシャワーがかけられた。

ダリルはシャツが濡れることをいとわず、エリカを抱きしめてキスをはじめた。貪るような一方的な行為だが、エリカはぼんやりとそれでいいと思っていた。

（……私だって、ダリルのものだと実感したいもの）

トレヴァーはエリカの意思を無視して妃に据えるつもりはないと言っていたが、どう足掻いても漫画と同じ結末にたどり着いてしまう気がして不安だった。

自分の中に宿るダリルへの強い想いは、漫画のあらすじと明らかに違う部分だ。エリカが漫画の登場人物ではなく自分で自分の進む方向を選べる生身の人間だという証のように思えた。

「……これから毎日こんな気分を味わうのかと思うと気が狂いそうだ……。だが、エリカには外の世界も知ってほしいと感じているのも嘘ではない。……本当に、嘘ではないはずなんだ……っ！」

言葉にし、自分に言い聞かせないとだめなのだろうか。

ダリルの愛は重く歪んでいる。けれど、越えてはいけない領域には足を踏み入れていない。彼自身のためではなく、エリカのためを考えてくれている。だからエリカは安心して彼のものであり続けたいのだ。

「私、ダリルにならい、なにをされてもいい……もっと実感したいの」

冷たいタイルの壁に背中を預けながら、エリカはダリルを求めた。ダリルは唇だけではなく、全身にキスを落とす。強く吸われると痛いのに、彼に愛されている証がその身に刻まれていく感覚だと思うとたまらない。

「いっぱい……残して……」

エリカが望めば、ダリルはなんでも叶えてくれる。鎖骨のあたりや胸、脇腹にまでキスが施され、そのたびに花びらのような赤い痕が残った。やがてダリルが膝をついて、太ももに何度か唇を落としたあと、エリカの片脚を摑んで大きく開かせた。

「あぁっ、……んっ」

もうなにをするつもりなのか予想がついている。どれだけ恥ずかしくても、今日だけは拒絶の言葉を封印せねばならない。ダリルが好きだと証明する手段はそれしかないとエリカは思ったのだ。

「湯ではないな……。気持ちがいいのか？」

指先で内股を撫でられた。そこがぬるりとしていて滑るのは、蜜が滴っているせいだ。

「ご、ごめんなさい……。はしたないの、嫌わないで……」

まだ誕生日の夜に一度経験しただけだし、身体を繋げたことすらないのに、エリカの身体は淫らに造り変えられてしまったのかもしれない。

「そんなはずがない」

ダリルが身を寄せて、エリカの片脚を肩に乗せる体制になった。そのまま顔を近づけて、花園をついばみはじめた。

「……ん、んん。あぁっ！」

彼に秘めたる場所を舐められているというそれだけで、エリカは達してしまいそうだった。脚がビクビクと震え、立っているのが辛くなる。するとダリルに一番感じる場所を押しつけるかたちとなり、耐えられないほどの快感に支配された。

「ダリル……、もう、達きそう……です、あぁっ、あ……」

たやすく昇り詰めてしまう身体がうらめしい。

ダリルは敏感な花芽をついばんで、ジュッ、と音を立てながら強く吸い上げた。熱を持つ芯が剝き出しになり、柔らかい舌に包み込まれるとひとたまりもない。

ダリルの髪を強く摑んで、転ばないようにするだけがエリカの精一杯だった。

「あぁっ、あっ、……本当に、もう……、達くの……あぁっ！　んん！」

ふわりと身体が浮くような錯覚に見舞われた直後、雷で打たれたかのような衝撃が走る。

あとから快楽が込み上げてきて、呼吸すらできなくなる。

「……くっ、ん。あぁっ、……お兄様……気持ちいい……。おかしくな、る……」

無意識に兄という呼称で愛おしい人を呼びながら、エリカは絶頂がもたらす快楽に酔いしれた。何度も身体を震わせて、まだ余韻が続いていることを隠しもしない。

「はぁっ、……はっ、……ふっ、あぁっ」

息が苦しく、もうなにも考えられなかった。急に身体が弛緩して、そのままずるずると床にへたり込む。エリカがわずかに顔を上げると、正面にはまだ膝をついたままのダリルがいた。金色の瞳がまっすぐにエリカに向けられている。

「……今日は、私も……したい……」

エリカはダリルになにをしてあげられるのだろうか。

「だめだ」

エリカは四つん這いになってダリルのズボンに触れた。彼が本気でだめだと思っているのなら、いつもの蔓が伸びてきて、エリカの行動を阻むはず。そうならないのだから、これは本気の拒絶ではなかった。

「したい……、私が、ダリルに……」

エリカは手を伸ばし、ズボンの上から彼の男の象徴に触れた。いつの間にかシャワーは止まっているが、びしょびしょの服が肌にまとわりついていて、脱がせづらい。そのまま服の上から触れ続けていると、ダリルがビクリと身を震わせ、小さく息を吐いた。

「止まれなくなる……。エリカ、だめだ」

「ダリルは私がだめと言っても、やめてくれなかったのに？　そんな言葉、聞いてあげない」

ベルトに手をかけて、ズボンをくつろげる。エリカはためらわずに下着までずらして、ダリルの男の象徴に触れた。そこが硬くなること、そして手でしごけば心地よくなれることはわかっていた。

それなりに知識を持っているエリカだが、実物を見るのはこれがはじめてだった。

「……これが、お兄様の」

先端が膨らみ、へそに届くほどの長さがある。これで身体を貫かれることを想像するとかなり恐ろしい。それでも、エリカは先に進んで一つになりたいと切望している。

「エリカ……」

ギュッ、と両手で握りしめると、ダリルが咎める意図で名を呼んだ。

先ほどからずっと、止める力を持っているのに使わない彼に対し、エリカは意地の悪い気持ちになっていた。

「こう……？」

そっと包み込むようにして上下に動かせば、竿はより硬く大きくなっていく。感じている証拠だとすぐにわかった。

「……くっ。……なんてことを……」

低く呻いて眉間にしわを寄せても、それは苦痛のせいではないはずだ。未経験でも、エリカにはそれなりの知識とダリルに心地よくなってほしいという思いだけはある。いつもなにかをしてもらうばかりで、彼にお返しをしてあげられないことが多いから、こんなダリルもいるのだと思うと嬉しくて仕方がない。

今、この瞬間だけは自分が主導権を握っているという優越感でエリカの心は満たされた。

「エリカ、もういい……あっ」

「まだ、……ダリルをもっと気持ちよく。……あっ！」

突然どこからか蔓が伸びてきて、エリカの腕に絡みつく。ダリルが本気でエリカの行為を阻んだのだ。

「どうして？　まだなのに……」

「エリカが悪い子だから」

　ふわりと身体が浮き上がる。気がつけばダリルに背中を向ける状態で、浴室の壁に手をつく姿勢を取らされていた。目の前には曇った姿見があって背後のダリルがじっと見つめているのがぼんやりと見えた。彼は重たくなったシャツを脱ぎ捨ててからエリカに近づいてくる。まずは手を伸ばしてエリカの髪に触れた。柔い肌にまとわりついていた黒髪を横に流してから、あらわになった背中にキスを施す。

「ひゃぁっ！　あぁ、ん……くすぐったいです」

　逃れようとしても腕や脚に絡みついた蔓のせいで、わずかに身をよじる程度の動きしか許されていない。

「それだけか？」

　するとダリルは手を回し、背中へのキスと同時に胸への愛撫をはじめてしまう。包み込むように揉みしだかれて、敏感な先端を指で転がされると、ゾクゾクとした感覚に支配される。

「あぁっ！　両方は……っ、おかしく……おかしくなる……っ！」

　こそばゆいのか気持ちがいいのか、頭が混乱し、逃げ出したかった。力一杯蔓を引きちぎろうとしても、びくともしない。あまりの強い刺激に涙がポロポロとこぼれた。

「もっと、おかしくなっていい……」

「やだ、ダリルも一緒じゃなきゃ……。一緒がいい……貫いてほしいの……」

　先ほどから猛々しい男根がエリカの臀部や太ももにあたっている。それを深くまで受け入れて、もう離れられなくなってしまえばいいと本気で考えた。

「だめだ……、初夜までは我慢しろ。だが、一緒に心地よくなる方法ならある」

剛直が内股に擦り付けられている。ゆっくりと抜き差しを繰り返し、閉じられた脚のあいだを男根が行き来しはじめた。

「……あぁ、ダリルの……あたってる……」

「そうだ、そのまま脚を閉じているんだ。……自分で感じる場所に導いて……」

エリカはコクン、と返事をして脚に力を込めたままわずかに低い姿勢を取った。臀部を彼のほうへ突き出す、はしたない格好だ。そうすると敏感な花芽を膨らんだ竿が撫でてくれ、目が眩（くら）むほどの刺激が得られた。

「うぅっ、あぁ……！　あ、あぁ……」

もう一人で果てるのは嫌で、エリカは必死に脚に力を込め続ける。けれどそうすると、花芽で快楽を拾ってしまい、絶頂が近づく。

背中にダリルの重みを感じた。彼は胸をいじる手をそのままに、時々エリカの耳をついばんで熱い吐息を吹きかけた。だんだんと彼の呼吸も荒くなり、エリカに欲情しているのが伝わってくる。それでエリカは余計に昂り、限界を超えそうだった。

「達くの……また、来ちゃう……ダリル、ダリルッ！」

「あぁ、私も……くっ、たまらない……」

ダリルの動きが速くなっていく。淫靡な音が浴室に響く。呼吸も、腰を打ち付けるとき

に奏でられる打擲音も、激しくなっていく。

「あ、……あっ、もう……。だめ……！　ああぁぁあっ」

先に果てたのはエリカだった。曇った鏡には惚けた顔のエリカの姿と、金色の瞳に熱をはらんだダリルが映っている。エリカはダリルの目を見つめながらくるおしいほどの快楽を受け入れていった。二度目の絶頂でも、この感覚に慣れるには早すぎた。

脚がガクガクと震え、きっとダリルの魔力でできた蔓が支えてくれていなければ、その場に崩れ落ちていただろう。

「あ……、変になる……。わた、し……」

達している最中も、ダリルは容赦なく腰を動かしてくる。昇り詰めたまま花芽を擦られると、いつまでも高みから戻ってこられない。快楽に終わりがなくて、苦しかった。

もうやめてと言いたくて、けれど声にはできない。自分はどうなってもいいから、ダリルを高みへ導きたいとエリカは願った。

「……あぁ、愛している……。くっ！」

苦しそうに顔を歪め、ダリルが低く呻いた次の瞬間、すべての動きが停止した。男根がズルリと脚のあいだから引き抜かれ、臀部や背中に熱いほとばしりを感じた。

「はぁっ、あぁ……ダリルの、温かい……」

快楽の波が引いていくと、代わりに全身が多幸感で満たされる。ダリルが欲情し、欲望を吐き出したという事実がエリカには嬉しくて仕方がない。

「すぐに清めるから」

「嫌！　……それよりもキスがしたい……」

　うまくできたご褒美がほしかった。もう自分では立っていられないほど体力を失っているのに、強欲だとわかっていた。エリカが向き直ろうとすると、絡んでいた魔力でできた蔓がシュルリと消え、ふらつく身体をダリルが抱きとめてくれた。

　ダリルが与えてくれたのは、触れるだけの優しいキスだった。二人は身体の火照りが収まるまで、しばらくそのまま抱き合っていた。

　二十日後。エリカは朝から『選妃』のために登城する予定となっていた。

「エリカちゃん、見たまえ。この石ころ一つ落ちていない完璧な道を！」

　屋敷の門から外に出たジェームズがアズライト城へ続く道を指し、得意げになっている。

　都の主要な道はすべて石畳で舗装されている。けれど馬車の往来が激しい道は、深い轍（わだち）が刻まれていたり、一部の石が剝がれていたりする。

　車輪が乗り上げると大きな衝撃が走ることがある。オブシディアン公爵家は、エリカが城へ通うにあたり屋敷から城までの道を完璧に修繕した。これから毎日馬車に乗るというのに、道ががたついていてはお尻を痛めるというのが理由らしい。

「父上、さも自分の手柄のように語るのはおやめください。……エリカ、金を出したのは私だし、人力では間に合わないから魔法で補ったのも私だ。一億ルドほどかかったが、問題ない」

ルドは通過の単位であり、一億ルドは日本円に換算すると八千万円くらいだ。

それ以上に、国一番の魔法使いであるダリルに大がかりな魔法を使わせるのに料金が発生するとしたら、個人では支払えない金額となる。

「お兄様、私のためにありがとうございます。……大好き」

ダリルの顔にはほめてほしいと書いてあった。常識を逸脱した過保護っぷりにエリカは恐ろしくなったが、兄への感謝を忘れてはいけない。

恥じらいながら彼が一番喜ぶはずの言葉を口にすれば、ダリルは耳まで真っ赤になる。

「あぁ……エリカのためなら、なんだってできる」

お願いされたら国を滅ぼしかねないヤンデレパワーを抱えているが、純朴な部分もあるのがダリルという人だ。

「それよりエリカちゃん。ゴミを落としたらその者の頭に落ちる因果応報の魔法を道に施したのはわたくしよ」

グロリアも、エリカのために魔法を使ってくれたらしい。けれど、かなり物騒な内容だった。

「それって大丈夫なんでしょうか？　ナイフを落としたら頭に刺さらないのですか？」

「ぬかりなくてよ！　殺傷能力のあるものはかすめるだけの設定になっているの。……それに、財布や鍵の紛失防止に役立ちますから闇公爵家は賞賛されることでしょう！」

グロリアは優雅に扇子で口元を隠しながら高笑いをはじめる。確かに財布を落としてそれが戻ってくるのなら、都の民から感謝されるかもしれない。

そうこうしているあいだに出かける時刻となった。ダリルは、仕事でどうしても都合がつかないときを除き、行き帰りは一緒にいてくれるという。

エリカは一度敷地内に戻り、黒馬が牽引する豪華な馬車に乗る。扉が閉まる直前に、黒猫が現れて、エリカの膝の上にちょこんと座った。

「クロコ……？」

室内で飼っている猫が勝手に外に出てくることはなかったので、エリカは戸惑った。

扉が閉まり、クロコも同乗したまま馬車が走り出す。

「言い忘れていたが、城へ行くときは必ずクロコを連れていくように」

クロコが馬車に乗り込んできたのは、ダリルの命令だったらしい。黒猫の創造主はダリルだから、エリカの命令よりも優先されるのだろう。

「城内ってペットを連れていっていいのですか？」

「許可は取ってある。常に私の感覚と一部を共有するように改造しておいたから安心しろ。なにかあればいつでも介入してやる」

「感覚を共有？」

その状態のどこに安心していいのか、エリカには理解できなかった。

「そうだ。エリカは身を守る術を持たない。近くにいるのはそれなりの魔力を持った者ばかりだから、与えたマジックアイテムだけでは危険だ」

「だめです！」

「……なぜだ？」

エリカは焦る。ダリルに対しやましいことや隠し事は一切ないのだが、トレヴァーとの個人的な会話を聞かれたらまずい気がしたのだ。それに先日のアイリスの態度も気になった。ほかの令嬢や城勤めの者もエリカに優しく接してくれるとは限らない。

些細な嫌がらせが理由となり、ダリルによる大量消し炭事件に発展する可能性を危惧した。それにエリカの日本人的な常識では夫婦や恋人関係にある者同士だとしても、不当な束縛――家庭内ストーカーはいけない気がした。

「その……、ダリルに女の子同士の会話を聞かれたり着替えを覗かれたりしたら、恥ずかしいです。とにかく女の子には秘密があるものなんです。いくらお兄様でも怒りますよ！」

エリカは無難な理由でごまかすことにした。

ダリルは彼自身に向けられた敵意は実害がなければ無視をする人だ。ほとんどの人間を自分と同等の生き物だと認識しておらず、興味がないせいだ。

けれどエリカに対してだけは違う。ダリル基準で「万死に値する」案件がたやすく発生してしまうことが目に見えていた。

ダリルが候補者に危害を加えたら、漫画の結末とは関係なしに闇公爵家存続の危機だった。

「だが、安全はなにものにも代え難い」

「絶対にだめ！」

かつて歩いていただけで暴行を加えられた経験があるのだから、平和な国に生まれたエリカの感覚を押しつけるのは危険だという認識はある。

それでも、エリカはダリルにまともな人間でいてほしいのだ。

「ではこうしよう。君の負の感情に反応し、一定レベルに達すると私の意識と繋がるように改良する、というのはどうだろうか？　それ以上の妥協は無理だ」

「……わかりました」

エリカが了承すると、ダリルが黒猫をひょいっと抱き上げる。首根っこを摑んだ状態で呪文を唱えながら指先で猫の鼻に触れた。すると魔法陣が現れて、クロコが黒い霧に包まれた。それが収まると、普段と変わらないクロコに戻り、ニャーと鳴いた。

次はエリカの番だった。ダリルはエリカの額に触れて、場所を見定めたあとにキスをする。ふわりと温かいなにかが、身体の中に入っていくのが感じられた。

「いいか、クロコよ……。我が分身として必ずエリカを守るのだぞ」

了承の返事をしたクロコがエリカの膝の上に戻ってきた。

「よろしくね、クロコ。……それからダリル」

「なんだ？」

「私は『選妃』を目立たず無難に乗り越えて、必ずあなたと結婚します！　だから、少しだけ待っていてください」

　エリカは誠実でありたかった。ダリルに対してもそうだし、トレヴァーに対してもそうだ。トレヴァーにはすでに想う相手がいるから選ばないでほしいと言ってある。ダリルに対しても、毎日気持ちが変わっていないと言い続けるつもりだった。

「あぁ……」

　ダリルは笑って、エリカをそっと抱き寄せた。

　話をしているうちに、二人を乗せた馬車は城へとたどり着く。候補者たちが集まるのは、城の奥まった場所にある一室だった。

　ダリルは部屋の前まで送ってから、職務のためにエリカのそばから離れた。

　無表情な女官に案内され部屋に入ると、室内にはおしゃべりを楽しむ五人の令嬢たちがいた。アイリスを含め、十六歳から二十歳の名家の令嬢たちだ。ライバルではあるが、これから三ヶ月、多くの時間を共有する相手でもある。

　六人目のエリカで全員揃ったようだ。最後に四十代くらいの貴婦人がやってきた。彼女は指導役となる侯爵夫人だと名乗った。

　まずは自己紹介からはじめる。

「皆様ごきげんよう。エリカ・オブシディアンです。『選妃』の期間中、どうぞ仲良くし

てください」

室内が静まり返る。先ほどまで談笑していたのに、随分とあからさまだった。想定済みだったが、いい気分ではない。まだダリルに伝わるほど負の感情には囚われておらず、エリカはこのまま理性的でいようと自分に言い聞かせた。

「それから、皆様にお伝えしたいことがございます。……私には『反射』の魔法がかけられていますので、触れる際にはご注意ください」

エリカにとって、注意喚起は必ずしなければならないはじめましての挨拶だ。経験と失敗を積み重ね、敵意あるものとそうでないものを見分ける精度が高まっているのだが、意図せず『反射』して相手に嫌われたら一大事だ。

エリカの言葉を受けた令嬢たちが騒ぎ出す。

「そのような魔法を宿した方と一緒に過ごさなければならないなんて、繊細なわたくしは、耐えられませんわ」

最初に不快感をはっきりと口にしたのはアイリスだった。

（あれ……？　ヒロインなら、理解を示してくれそうなのに……自分で繊細って言っちゃうの……？）

候補者たちが揃うシーンは漫画にも描かれていた。

作中でのアイリスは、エリカともいずれ打ち解けられるはずと前向きだった。だから拒絶するのではなく、闇属性の者に偏見を抱くなと周囲を諭す役割だった。

誰にでも優しい少女漫画のヒロインなら当然だ。

けれど現実のアイリスは違った。やはり、前回廊下ですれ違ったときに倒れた件はエリカを貶めるための嘘だったのだろう。

「触れただけでは発動いたしません。……マジックアイテムの件も、黒猫を連れている件も、許可をいただいておりますのでご理解ください」

周囲に敵が多いのに、弱すぎて自分の力では身を守れないから許されているのだが、令嬢たちはエリカの特別扱いが不満そうだった。

（こういうの……慣れないな……）

思い返すと日本での友人関係は良好だったたし、こちらに来てからはダリルと両親に守られていて悪意のある者がエリカに近づくことがほぼなかった。同世代の貴族と関わることはなく友人はいない。少しずつオブシディアン公爵家の印象改善をしたらきっと――そんな希望を抱き努力の最中だったのだ。

エリカに続き、アイリスやほかの令嬢たちも自己紹介をした。それが終わると指導役で審査員でもある侯爵夫人がこんな提案をした。

「今日ははじめての顔合わせということもありますし、皆さんでお茶会をしながら、それぞれの語学力や知識を確認させていただきます」

アズライト王国と最も交流があり、言語が異なるのは南の隣国ヘリオドールだ。語学力を試されるとしたらヘリオドール語となり、貴族が当然身につけているべき教養である。

この世界にやってきて四年のエリカは、ヘリオドール語の「こんにちは」と「ありがとう」しか知らない。

まだ初日だというのに、エリカにとっては難易度の高い考査だった。

語学力について、エリカは事前にありのままの実力を報告している。それに妃に選ばれたくないため優秀である必要などどこにもない。だからずるをする気はないのだが、わからない言葉が飛び交うお茶会は苦痛だ。

そのため、ダリルからもらった『翻訳』のマジックアイテムを発動させた。

丸いテーブルを六人の候補者と侯爵夫人が取り囲む。給仕の女官がやってきてお茶やお菓子が運ばれてくる。

用意されたのは、ヘリオドールの伝統的なレモンケーキだった。使われているカップや皿も同国の工芸品で、侯爵夫人の意図が垣間見えた。

エリカはさっそくおいしそうなレモンケーキを口に運んだ。そしてすぐ違和感を覚えた。

(……あれ？　レモンケーキに合わせるのはチーズクリームだったはず。なるほど、試されているのは語学力だけではないのね)

アズライト王国の貴族たちは温度管理が難しい生クリームが好きで多用する。

けれど、もし外交上の付き合いで隣国からの賓客と語らう場だったとしたら、相手国の文化に合わせるべき場合もあるだろう。

エリカがレモンケーキのことを知っていたのは偶然だ。以前、ダリルと一緒に食べたときに彼から教わっただけだった。わかっていても口にはせず、とりあえず傍観者でいるつもりだった。

　侯爵夫人はあえて間違った組み合わせで出して、妃候補たちが話題にするかどうかを試しているのかもしれない。

『黒いドレスだなんて、不吉ですわ』

『本当に。厄災の一族は何百年経っても反省もせずに、忌まわしき色をまとっているのですから』

　相手が言葉を理解できないと思って、二人の令嬢があからさまな悪口を言いはじめた。

　エリカは怒るよりも先に、彼女たちの行動が愚かすぎて、心配になってしまった。

　確かに世間では、オブシディアン公爵家についてならばなにを言っても許される風潮がある。

　闇公爵家を貶めることで、王家や国のあり方を賞賛するという意図だ。

　今まで王家もそれを許していたのかもしれないが、少なくともトレヴァーは違う。妃候補としてエリカが選ばれた事実を無視するのは愚行としか言えない。

　次に発言したのは、別の令嬢二人だった。

『あの……このお菓子、とてもおいしい……です……ね？』

『ええ、本当に。そういえばレモンはヘリオドール国の特産品でしたね』

　気弱そうな二人は話題を逸らし、お茶会の雰囲気を変えようとしている。レモンを話題にしたのはきっとプラスの評価に繋がるだろう。

五人の令嬢のうち、積極的にエリカを貶めているのが二人。今発言した二人はあからさまに敵対してくることはなさそうだ。

（アイリス様……。未来のお妃様本命なら、ここは外交的な話題に繋げて……！）

エリカは祈るような気持ちで、まだ発言をしていなかった令嬢の出方を待つ。

『侯爵夫人。わたくしは昨年美しい景色を見るためにヘリオドール国を訪問いたしましたの』

『たしかアイリス様は絵を描くのがお上手だとか』

『ええ、それでヘリオドールの王妃様がお招きくださったのです。大変名誉な思い出ですわ』

残念なことに、アイリス様はせっかく話題になりかけたレモンの件には触れず、自分の功績を自慢している。光属性のアイリスは特別な存在と認識されているらしく、四人の令嬢たちはアイリスを賞賛する。

エリカとしては方向性が間違っているような気がするが、妃の座を巡る争いならばこれが常識なのだろうか。『選妃』の期間中、ずっと嫌みと自慢話ばかり聞かされるのならば早々に離脱したいというのが正直な感想だった。

居心地の悪いエリカはひたすらレモンケーキと紅茶を堪能していたのだが――。

『エリカ様は無口な方なのですね？　わたくしたちとお話をするのはつまらないかしら』

アイリスがほほえみかける。

「いいえ。無口なのではなくヘリオドール語が話せないのです。この世界に来てまだ四年ですから外国の言葉までは習っておりません」

令嬢たち五人が一斉にエリカに注目する。エリカの語学力について、彼女たちは事前に情報を得ていたのだろう。一切話せないはずなのに、なぜか聞き取れていたら驚くのは当然だった。

「……それから、オブシディアン公爵家を厄災の一族とするのは、公爵の位をお与えくださった王家に対する不敬になると存じます。謝罪の言葉がないのなら、それなりの対応をさせていただきます」

エリカはアイリスに負けないくらいの笑みを皆に向けた。

一瞬でその場が凍りつく。嫌みの応酬は貴族のたしなみのようなものかもしれないが、一方的な侮辱は許容範囲外だ。二人の令嬢の顔が真っ青だった。

エリカは厄災の一族であるのと同時に王家に次いで力を持つオブシディアン公爵家の養女だ。身分を笠(かさ)に着るつもりはないエリカだが、言いたいことを我慢する立場でもなかった。

「……申し訳ありませんでした」

「以後、気をつけますわ」

二人の令嬢はしぶしぶといった様子だ。けれど候補者が減る事態を望んでいないエリカは、これ以上責めるつもりはなかった。

誰も言葉を発しない気まずい空気が流れている。それを打ち破ったのは侯爵夫人だった。

「それではエリカ様に質問いたします。……外国の言葉を話せない状況で、一ヶ月後に賓客をもてなす必要があったとき、あなたはどうされますか？」

「魔法を使うか、通訳人を置けば対応できるはずです。優先すべきはその国の方の禁忌を知り、失礼のない振る舞いをすることであり、言葉はその次かと思われます」

レモンケーキに視線を落とす。ヘリオドールで邪道とされる組み合わせでは、もてなしはできないとエリカは思った。

「……あなたの考えはよくわかりました」

侯爵夫人はそれが正解だとも言わなかったし、不正解だとも言わなかった。

令嬢たちからは「私なら一ヶ月でも完璧に学んでみせる」、「事前に努力をしなかった者は外交で侮られるからそれ以前の問題です」といった発言があった。

「では、エリカ様はなにがお得意なのでしょうか？」

今度はアイリスからの質問だった。

「数学ですね。暗算が得意です」

エリカは小学生の頃からそろばんを習っていたので、計算が得意だった。数学も得意だが、中学生レベルからあまり進歩していない。ただ、この世界の高貴な女性は簡単な計算しか習わないから、かなりの差があるはずだった。

「暗算……」

「まるで庶民や商人の方みたい」

令嬢たちが目を丸くする。数学が得意だとしても、淑女のたしなみとして評価されないのだ。彼女たちは買い物をしてもおつりの計算をする必要のないくらい裕福だし、予算を考えてドレスを選ぶこともないのだ。

わざわざ計算をしなければならない環境は「卑しい」という認識となる。

「皆さん、いけませんわ。……異世界の常識とわたくしたちの常識を比べることなどできないのですから」

アイリスはエリカを庇うふりをして、まるで下等な世界からやってきたのだから仕方がないとでも言いたげだった。

（これが……ヒロイン……？）

アイリスに会ってから何度目か同じ感想を抱き、この日の茶会はお開きとなった。

理解のない者たちの言葉に苛立ちつつも、結局クロコが反応するほどの負の感情は抱かなかったらしい。妃の座を巡る争いについては、どこか他人事という認識があるせいだろう。

（でも、これからも彼女たちと同じ常識の中で生きていくのよね）

エリカは同世代の令嬢たちとはじめてまともに接した。兄や両親がいない状況だったこともあり、貴族社会を正しく見た気がした。

そんなことを考えながら部屋を出ようとしたそのとき、クロコから低い声が発せられた。

『エリカ。そろそろ終わる頃のはずだが、問題なかったか？』

「はい。今ちょうど終わったところです」

彼の声を聞くだけで、エリカは安心できた。

『ならば迎えに行く。今朝別れた場所で待っているといい』

エリカはダリルに言われたとおりの場所へ向けて歩き出す。

時刻は午後四時。普段の帰宅時間から考えても、そんなに早くダリルの職務が終わったはずもない。それでもエリカは仕事を優先してほしいとは言えなかった。なによりもエリカ自身が彼に会いたくて仕方がなかったのだ。

エントランスに置かれた椅子に座りしばらく待っていると見慣れた馬車がやってきた。

ダリルはすでに乗っていたが、エリカのためにわざわざ降りてきてくれる。ちょうどそのとき、ホワイトパール伯爵家の馬車も近づいていて、車寄せにアイリスが姿を見せた。

「公爵閣下、ごきげんよう」

アイリスは馬車に乗り込む前に、ダリルに向かって丁寧なお辞儀をした。

「ホワイトパール伯爵家の娘か……。久しいな」

「ええ本当に。光属性についての文献を借りにいらっしゃったとき以来ですわね」

二人は面識があったようだ。互いにまったく友好的ではなさそうなので、会話が続かない。しばらくの沈黙のあと、アイリスが馬車に乗り込んだ。

「エリカ、私たちも帰ろう」

彼に手を借りて、エリカも馬車に乗り込む。いつものように隣同士で座ると馬車はすぐに動き出す。

「どうしたんだ？　クロコは反応しなかったはずだが」

ダリルはエリカのわずかな顔色の変化すら見逃さない人だ。

「いいえ。大したことはありませんでした。ただ、闇公爵家の外の人……貴族の方と接するのって慣れていなくて。こうやってダリルから力をもらうと元気になれます」

エリカはギュッと彼に抱きついてから顔を上げて笑みを作る。

「そうか」

周囲から恐れられている最凶の魔法使いは、エリカの前ではすぐに顔を赤らめる。そしてなにを勘違いしたのか、ダリルは身体から黒い霧を発生させた。車内がダリルの魔力で満たされていく。

「……力って魔力のことではないですよ」

「違うのか」

彼はポリポリと頬を掻いて、残念そうな顔をする。

「魔力は受け取れないですけれど、夜の優しさと同じで穏やかな気持ちになれます」

迷い人のエリカは、他人の魔力をうまく感じ取ることができない。けれどダリルの魔力は圧縮すると実体化するほどの量であり、視覚と温度で感じることができる。

「そんなふうに思ってくれるのは君だけだ。膨大な力は嫌悪と畏怖の対象でしかない」

エリカはそのままダリルに膝枕をしてもらいながら横になる。こういう甘えを彼は嫌わない。予想どおり、長い指先がエリカの黒髪を弄ぶだけで、彼からのお咎めはなかった。

「ねぇ、ダリル」

「なんだ？」

「私はもう少しこの国の貴族としてふさわしい教養や態度を身に着けるべきだと感じました。闇公爵家の一員として、守られることに甘えたくないんです」

エリカはこの世界に来てまだ四年だからという理由で、ほかの令嬢たちとはあらゆる面で差がある。けれど異世界人だからできないという言い訳は、十年後には通用しない。

「エリカは十分に頑張っている。どうか今のままで……」

「ほんの短い時間ですけれど、候補の方々とお話しして私にはだめな部分が多いと思ったんです。妃を目指していないから、なにも学ばずになにも進歩しないで生きていていいとは……思えない」

エリカはこの世界でダリルと生きていく。そのためにオブシディアン公爵家の評判を改善したいと思っていたのだが、彼女自身も変わらなければならないのだ。

「変わってほしくない」

「でも、私……」

反論を続けようとすると、ダリルがエリカの唇に指先をちょこんとあてた。

「いつまでも子供のままで、変わらずにいてほしいと願うのは押しつけだとわかっている。……思うままに、やってみるといい」

　今度は頭が撫でられた。

「はい」

「だが、私に甘えるのはやめないでくれ。家族とはそういう存在だ」

　もうなにも言う必要はなかった。ダリルの膝の上に頭を乗せているだけで、彼の言葉を肯定しているのだ。

　エリカが『選妃』のために登城するようになってから十日が経った。

　令嬢たちは闇公爵家の養女が候補者となった経緯を気にしている様子だ。

　時々顔を合わせるトレヴァーが、一人だけ魔力を持たないという理由で度々エリカを気にかける素振りを見せた。その特別扱いが令嬢たちの反感を買い、エリカは孤立していた。

　小さな嫌がらせはいくつもあった。言葉以外で一番堪えたのは、エリカに熱い紅茶をかけわざと『反射』させるという罠（わな）だった。

　相手は、事故だったのにもかかわらず二倍返しの報復でドレスが台無しになってしまったと言って、泣き出した。

故意かどうかは証明が難しいものだから、この事件ではエリカがやりすぎであるという印象だけが植えつけられた。

『反射』を理由に物理的な距離を置かれ、結果として雑談などにも参加できないという状況に陥った。何度かエリカの負の感情が高まり、ダリルに知られてしまったが、ここで彼が出てきても事態が悪化するだけなので出てこないよう頼み込んだ。

そしてこの日、エリカはダンスレッスンのために舞踏室へ向かっていた。

広く長い廊下を歩いていると、突然なにかに足を取られた。クロコを踏み潰してしまいそうになり、それを回避するために態勢を崩しながら転倒した。

勢いよく床にぶつかっても、ダリルの魔法で守られているエリカが怪我をすることはなかった。

ホッとしたのも束の間、等身大の人物が描かれた大きな油絵が降ってきた。直後『反射』が発動し、肖像画は枠ごと粉砕された。

「きゃあ！　エリカ様、なぜこのような……先王陛下の肖像画が……」

「いくらなんでも不敬ですわ！」

先を歩いていた令嬢たちが振り向いて、次々に非難の声を上げる。エリカを敵視しているのは、アイリスを含めた三人の令嬢だ。

残りの二人は今日も居心地が悪そうにしながら、傍観者でいるつもりのようだ。

「私はなにもしていません」

「だったらどうして肖像画が粉砕されたのでしょうか?」

　エリカ自身にもなにが起きたのかよくわからないのだから、説明するのは無理だった。

そうこうしているうちに侯爵夫人とトレヴァーがやってくる。

トレヴァーは毎回顔を見せるわけではないのだが、ダンスレッスンには参加する予定だった。

　令嬢たちが一斉に低い姿勢を取り、第一王子に挨拶をする。エリカも立ち上がり、クロコを片腕で抱いたまま、ドレスの裾を摘まんでお辞儀をした。

「これはいったい」

「わたくしたちは先を歩いておりましたので、目撃しておりません。けれど、大きな音がして振り返ったらエリカ様が……。芸術をこんなかたちで踏みにじるなんて」

　アイリスがそう言って涙を流す。見ていないけれどエリカがやったと決めつけている。

「確かに、『反射』の魔法で粉砕したことは認めます」

「ほら、犯人はあなたでしょう?　ひどいですわ、エリカ様……」

「ですが、なにかに躓(つまず)いて倒れたところに肖像画が降ってきたのです。……もし『反射』がなければ無事ではいられませんでした」

　エリカは頭の中を整理して、わかっていることだけを冷静に語った。ただし、転んだタイミングでたまたま重たい肖像画が落ちてくるという説明を信じてもらえないこともわかっていた。

「オブシディアン公爵家は王家に対し、思うところがおありなのでは？」

ほかの令嬢もアイリスを援護する。

「私の家族は関係ありません！」

家族を悪く言われたエリカの中にわかりやすい怒りが込み上げた。転んだ瞬間、どこかを摑んだわけではないのに壁にかかっていた肖像画が落ちるはずはない。これはきっとエリカを貶めるための罠だ。

『そこまでにしてもらおうか』

「お兄様……」

クロコがエリカの腕からすり抜けて地面に降り立った。

『魔法がからんでいたら、エリカが解決するのは無理だ。この兄を頼りなさい』

「ごめんなさい、迷惑ばかりで」

どうやら少し前からダリルに気づかれていたらしい。エリカの負の感情が彼に伝わっていたのだ。

『迷惑ではない。むしろあまりに頼ってこないから腹立たしく思ったほどだ。……トレヴァー殿下、『再生』すれば犯行の手がかりが摑めるでしょう。城内での使用許可を』

令嬢たちがざわめき出す。

どうやらダリルの提案した『再生』は最高難易度の魔法らしい。

「許可する。……ただし、穏便に。穏便に頼む……本当にっ！」

『フン、私ほど理性的な人間はいないというのに。……なにか魔法で仕掛けをしていて、すでに証拠隠滅を図っていたとしても、それごと巻き戻してやるから覚悟しておけよ。ハハハハハッ！』

可愛い黒猫の姿を借りていても、ダリルはどこまでもダリルだった。

「お兄様。今の笑い方、ちょっと悪役っぽくて嫌です」

『気をつけよう』

クロコの姿を借りたダリルがズタズタになった肖像画の前に立つ。黒猫の周辺からいつもの魔力が発生して立ち込めた。

令嬢たちはガタガタと震えだし、気の弱い者はその場でしゃがみ込んでしまった。

ゆっくりと起こった事象が巻き戻る。破片同士が引き寄せられ、一枚の絵に戻りながら廊下の中央――先ほどエリカが転んだ場所へ向かう。完全に修復された状態で一度ピタリと止まったら、今度は壁に向かって移動をはじめ、飾られていた場所に戻った。

「うん。なぜか肖像画がエリカ殿の頭上に落下し、『反射』が働いたというのは今ので十分にわかった」

トレヴァーがそう言った。肖像画があった場所と、『反射』で粉砕されてしまった位置関係から、エリカが転んだ拍子に肖像画を摑んだわけではないのは明らかだった。

額縁が重いため、等身大サイズの肖像画が直撃したら怪我を免れない。エリカの『反射』も、害のあるものを衝撃や質量で見分ける仕組みに改良されているから、少々過剰だったとしても、必要な措置だったと認められる。

『問題は、なぜエリカがたまたま通って転んだときに限って落下したかという部分だ』

ダリルが指摘する。

「なにかに足を取られた気がしました」

けれど皆で周囲を見回しても、廊下にはしみ一つない絨毯が敷かれているだけだった。

『トレヴァー殿下、調べていただけますか？』

小さな黒猫の姿では、高い位置にある肖像画は調べられないというのだ。

「貴殿の部下ではないんだが」

そう言いながらも、トレヴァーは動き出す。王子様だというのに、偉ぶっていないし律儀な人だった。

異変はすぐに判明した。ゆっくりと肖像画に近づいたトレヴァーがピタリと歩みを止めたのだ。

「糸だ」

トレヴァーは糸だと言うが、エリカには見えなかった。

彼のそばまで行って、あるはずの場所をじっと見つめると光のあたり具合でようやく認識できる。エリカの育った地球ならマジックに使用する糸といったところだ。

たどっていくと廊下の中央では膝下あたりの高さになっていて、向かい側にある石像の裏へと続いている。表からは見えない位置に糸を巻く装置が取り付けられていた。

つまりエリカの通過直前に糸が巻き上げられたのだろう。巻き上げ装置はマジックアイテムのようだから、近くにいた者が犯人だ。

けれど、疑問が残る。犯人はなぜ、直接肖像画を落とす魔法を使わなかったのだろうか。

『魔法での直接攻撃は痕跡が残るから、このような回りくどいことをしたのだな。仕掛けを作ったところまではほめてやるが、闇公爵家を敵にするつもりならわずかな魔法すら使うべきではなかった』

犯人の目的は、エリカに肖像画を破壊させ、王族に対する不敬をしたという印象を他者に抱かせることだろう。エリカ自身や、肖像画に対し直接魔法を使うと調査が入り魔力の痕跡を見抜かれる恐れがある。

だからこんな仕組みを用意したのだ。ダリルが『再生』の魔法を使わなければ、床にある糸は見えず、混乱に乗じて装置と糸を回収するのはそう難しくなかったはずだ。

『この装置に残る魔力の所有者を今すぐ消し炭にしてやろう』

黒猫がゆっくりと装置に近づく。

「ま……待ってください……お願いしま、す……。ごめんなさい……」

初日からエリカに度々突っかかっていた令嬢の一人が懇願する。一歩、二歩、と後ずさりをするが、彼女の背後に黒い霧が立ち込めて、逃走を阻む。

『貴様か……』

彼女の誤算は、ダリルがすぐに介入してきたこと。そして『再生』の魔法が使われてしまったことだろう。

「ダリル殿そこまでにしてくれ。エリカ殿に魔法が通じないと知っていての犯行ならば、殺意は認定できない」

『チッ』

黒猫のダリルは舌打ちをして魔力の放出をやめた。いつの間にか警備兵が到着していて、トレヴァーの指示で令嬢が捕らえられる。これから彼女やその家が罰を受けることになるのだろう。

身の潔白が証明されても、すっきりとした気分にはなれない事件だった。いずれこの国で一番の女性となる者を選ぶ儀式が、こんなにドロドロとしていていいはずがなかった。

「お兄様……」

エリカは黒猫を持ち上げてギュッと抱きしめた。

『君が傷つく必要はないというのに……。今日はもう帰ろう』

「はい……。迎えに来てください。私、帰りたい」

クロコではなく、ダリルにそばにいてほしかった。エリカはきっと、帰りたいのではなく、ダリルに会いたくて仕方がないのだ。

肖像画破損事件により、候補者の一人が失格となった。

残った令嬢たちは、エリカに対しあからさまな嫌みを言わなくなったのだが、ますます距離を置くようになった。エリカの孤立は相変わらずだ。

あと一週間で王家主催の舞踏会が開かれる。『選妃』はまだ終わらないのだが、この舞踏会でトレヴァーが最初に踊る相手が最有力候補と見なされる。

そのため、令嬢たちは侯爵夫人やトレヴァーにいいところを見せようと必死だった。

楽器の演奏、芸術への理解、刺繍――ほぼすべての項目でエリカは最下位の成績だ。

歴史や地理、周辺国との関係など覚えればできる内容に関してはそこそこ頑張っている。

とくに歴史については、オブシディアン公爵家のためになにができるか模索する過程で調べていたため、自然と自分の知識となっていた。

この日は午後から魔法についての考査があり、魔力を一切持たないエリカは参加しない予定だった。

せっかく登城したので、エリカはダリルの職務が終わるまで図書館で調べ物をして過ごすことにした。

（今後のために役立つ可能性が高いのは、やっぱり迷い人の知識のはず）

城内にはいくつもの建物があり、図書館があるのは普段『選妃』の候補者たちが集う場所とは別棟だ。三階建ての建物の一階と二階を占有していて、蔵書は約三十万冊だという。

迷い人に関する本も、閲覧禁止になっていないものはすべて揃っている。

迷い人の知識は広く普及しているため、基本的には公開されている。非公開になっているのは、軍事利用が可能な知識くらいだった。

図書館の入り口で、閲覧許可書を提出し、困惑気味の司書に挨拶をしてから書架へと向かう。クロコを肩に乗せたままで入れるのは、事前にダリルが話を通してくれていたからだ。クロコはそもそも猫ではなく毛一本落とさないし粗相もしないので、一応許可は下りた。

実際に、城内で悪意に晒されたエリカの護衛役だと言い張れば、王家も認めざるを得ないのだろう。

エリカの黒髪はとにかくよく目立つ。『選妃』に闇公爵家の養女が参加しているというのは皆が知るところで、登城が許されている者の関心事項となっていた。

この地で暮らしはじめて四年。

読み書きにはまったく困らないのだが、いろいろな文体で書かれている背表紙がずらりと並んでいると、さすがに内容を把握するのが大変だ。

エリカは早々に自力での本探しを諦めて、司書にレファレンスを依頼した。

五冊の本を選んでもらい、借り方や返し方の説明を受けた。司書は閲覧用のテーブルまで本を運んでから立ち去った。

エリカはさっそく一番上に置かれていた本を手にする。一冊目は迷い人の情報がざっくりと載っている本だった。この国で最も新しい迷い人であるエリカについては記されていないが、それ以前はしっかり記録されていた。

（えぇっと……私より前にこの地を訪れた迷い人は……）

分厚い本の後半部分に目を通す。約四十年前に現れた異世界人は戦士であったと書かれている。剣と弓の達人で武術の指南役として活躍した。

（……この文字、何語なのかしら？　国名もよくわからないし、軍人なら銃じゃないの？）

迷い人は生まれた世界の文字や国名などを残すことになっている。

戦士が残したのはヒエログリフのような文字と聞いたことのない国名だった。ただし、その者が発した言葉をアズライト王国の者が聞き取って記しているのだから、不正確である可能性が高い。

中学生のときに異世界に迷い込んだエリカは、約四十年前の国外の状況や文化について多くを知らない。先進国の出身者ではないということだけはなんとなくわかった。

別の迷い人についても調べようとページをめくっていると、突然声がかけられた。

「ご一緒してもよろしいでしょうか？」

声をかけてきたのは、赤い髪に琥珀（こはく）色の瞳をした女性だった。二十歳は超えていそうで、落ち着いた雰囲気の人物だ。城内でよく見かける青色のローブを着ているので城勤めの魔法使いだと予想できた。

（お兄様は制服を着ていないけれど……）

エリカもそうだが、闇公爵家の者は髪の色だけで正体がすぐにわかってしまうので、わざわざ制服をまとう必要がないのだろう。

閲覧用のテーブルは二十以上あり、それぞれ四人ずつ座れる大きさだ。ほかの文官や魔法使いがエリカの近くを避けているというのに、赤い髪の女性はわざわざ隣にやってきた。

「……あの、オブシディアン公爵家のお嬢様ですよね？」

「ええ、エリカ・オブシディアンと申します。あなたは？」

「申し遅れました。私はオーレリア・アンバーと申します。見てのとおり、魔法研究員です」

「お兄様の部下の方ですか？」

だから話しかけてきたのだとエリカは予想した。けれどオーレリアは首を横に振る。

「いいえ、私は王立魔法研究所という組織に所属しておりまして、閣下は国王陛下直属の魔法使いですから直接の関わりはございません。雲の上のお方ですね」

「そうなんですか」

同じようなローブを着ている人は図書館内に何人もいるが、彼らはエリカを警戒している様子だ。それに対しオーレリアは興味を抱いているらしかった。

そこで会話が一旦なくなったので、エリカはしばらく本を読み進めた。けれど、オーレリアからの視線を感じ、集中できなかった。

「あの、不躾で申し訳ないのですが少しお話をしてもよろしいですか？」

彼女の目が輝いていた。研究員ならおそらく成人女性のはずだが、どことなく人懐っこい犬を連想させる。

「ええ。だったら、テラスの席に移動しましょう」

静かな部屋の中での会話は御法度だ。エリカもせっかく好意を抱いてくれそうな相手に出会えたのだからもっと話をしたいと思い、席を移した。

「さっそくですが、エリカさんのアクセサリーって、マジックアイテムですよね？」

エリカのつけているチョーカーやピアス、それに腕輪などのアクセサリーはすべてダリルから与えられたものだ。『反射』など身を守るための魔法が込められたものや、魔力を持たないエリカに仮の魔力を与えるものもある。

これがないと、エリカは屋敷の明かりすらつけられない。

「そうです。すべてお兄様が作ってくださったんです」

「市販品とは違う機能なんでしょうね……」

オーレリアはマジックアイテムに興味があるようだった。

「ちょっとだけ、ほんのちょっとだけさわってもいいですか？」

「ええどうぞ。……ですが、私には『反射』の魔法がかけられていますから、攻撃と判定されるような行動はしないでくださいね」

よだれがたれそうな勢いで懇願されたら、断ることなどできない。エリカは注意事項を説明したあとに、腕輪を見せた。

「えぇ!?　『反射』って一級魔法ですよね？　常時展開なんですか？　……閣下のお力で

すよね？　いったいどうやって……」

矢継ぎ早に質問をぶつけてくる。こんな反応ははじめてだった。これまで出会った人は、普通にさわるだけなら問題ないと説明しても、怖がるか怒るかのどちらかだった。

「私にはよくわかりません。お兄様に聞いてみたらどうですか？」

「雲の上のお方ですから。ですが、クレッセント魔法商会を営んでいるのがオブシディアン公爵家だと知って、いつか閣下の下で働きたいと思ったんです」

「商会のアイテムが好きなんですか？」

オーレリアが頷く。

「医療に関するマジックアイテムで、弟の命が助かったことがあったんです。それ以来、閣下の論文や研究に関する本にはすべて目を通しています」

エリカが提案するまで、商会を取り仕切っている者が誰かは公にしていなかった。ダリルが設計したというだけで売れないという懸念があったせいだ。

実際に公表したのは、マジックアイテムが生活に根付き、なくてはならないものになっていたタイミングだったため、大きな反発はなかった。大抵の者は「便利だから聞かなかったことにしよう」と現金な発想で使い続けている。

「嬉しい……、どうして皆さんが闇公爵家を嫌うのか私には理解できなくて……でも、やってきたことが無駄じゃないってわかって……嬉しいです」

オーレリアのように偏見を持たず、ダリルの功績を認めてくれる人が増えていけば、闇公爵家の未来は明るい。

「研究者の中には閣下を尊敬している者がたくさんいますよ。ただ、近寄り難い方なので
それをお伝えする機会がないだけです」

それからエリカはオーレリアと夢中になって話をした。

ダリルを尊敬しているという共通点で今日会ったばかりの人とは思えないほどの盛り上
がりだった。

「エリカ、迎えに来たぞ」

「あ！　お兄様。お仕事お疲れ様です」

まもなく日が暮れる頃、ダリルがテラスに現れた。

「その者は？　研究員のようだが」

「オーレリア・アンバーさんです。先ほどお友達になりました」

エリカが紹介すると、オーレリアは緊張のあまり震えながら、カクカクとした不自然な
動きで頭を下げた。

「エリカに友人だと？　……オーレリア・アンバー……どこかで……。あぁ、論文で名前
を見かけたんだ。確か専門は医療技術だったな」

「読んでいただけたのですか⁉」

オーレリアは素直な人だった。ガチガチに緊張していたくせに、論文の話題になると急
に元気になる。

「なかなか興味深いものだった。ぜひ一度、同じテーマで語り合いたいものだ」

ダリルは一切のお世辞を言わない人だ。オーレリアは本当に研究者として優秀なのだろう。

「オーレリアさんはお兄様の研究をもっと知りたいそうです」

「べつに、自分から同じ志を持つ研究者を遠ざけたことなどない。……相手が寄りつかないだけだ」

「では今度、研究室におうかがいしてもよろしいですか？」

「かまわない。こちらから願い出たいくらいだ」

「ありがとうございます！」

オーレリアはダリルの手を取って無理矢理握手をした。

貴重な研究仲間を得られて、ダリルも嬉しそうだった。それなのに——。

（……あれ？）

エリカは急に心臓の音がうるさくなるのを感じた。ギュッ、と締めつけられるような不快なものが込み上げてきて、それがだんだんと強くなる。

「エリカ？　クロコが強く反応している。どうかしたのか？」

つまりエリカの中に負の感情が宿ったのだ。オブシディアン公爵家の印象改善はエリカの望みであり、今それが実感できたはずだった。

この状況で喜び以外の感情が湧き上がるのは明らかにおかしい。

「エリカ……？」

胸の痛みは増すばかりだ。いけない感情を抱いているということはわかっていて、必死に抑え込もうとしても思いどおりにならない。

「大丈夫です……。急にお腹が痛くなったみたいです」

咄嗟に嘘でごまかした。

「顔色が悪いな。すぐに帰ろう」

ただ負の感情を抱いているだけでも顔色は悪くなるのだろうか。ダリルがエリカの嘘を信じてくれているのは幸いだった。

「ごめんなさい、お兄様」

けれど、嘘をついて煩わせていることを自覚するとますます苦しくなっていく。

「気にするな」

「それなら私、本の貸し出し手続きをしちゃいますね」

オーレリアは机の上に積んであった迷い人に関する本を抱え、カウンターへ向かった。

「ほら、しっかり摑まっていろ」

エリカが立ち上がろうとするより前に、ダリルが当然のように抱きかかえようと手を伸ばす。もう子供ではないから断ったほうがいいのに、エリカはそのまま彼にギュッと抱きついた。

（なにこれ……全然よくなってくれない）

せっかく友人ができたというのに、エリカの心は乱れていた。

それから数日後。エリカは、時々負の感情に囚われるようになっていた。ダリルに悟られたくなくて、クロコと遊んだり、勉学に勤しんだりしてできるだけ忙しくしていた。

この日は城の図書館から借りてきた迷い人に関する本を読んでいた。

本の中でとくに気になったのは、百年前に訪れた迷い人だ。彼は、電化製品の設計に関わる技術者で、元の世界にあった技術を細かく書き残していた。

「まず電化製品っていうのがおかしい気がするわね」

残念ながら、大気に魔力が含まれているこの世界は電気との相性が悪い。技術的に電化製品を作り出すことはできるが、一瞬でショートしてしまうという。

けれど百年前の迷い人の残した技術の一部は、魔力を代替とすることで再現できる場合がある。

身近なものであれば、コンロや冷蔵庫などはアズライト王国に存在しているし、ダリルはこの技術者の残した資料を元にしてマジックアイテムを作ったことがあるらしい。

「スマートフォン……。OSのバージョンが変だし、そもそも百年前って」

エリカが気になったのはスマートフォンに関する記述だった。専門外だったらしく、こういう便利な道具があるという紹介にとどまっているのだが、聞いたことのないOSだ。

「コンロもIHに見えるし、おかしなものばかり……」

技術者の残した設計図は、どれも二十世紀初頭にあったものとは思えない。エリカはこの技術者がいったいいつの時代の人なのかわからず、手がかりを求めてさらにページをめくる。

「なにこれ⁉」

目に飛び込んできたのは、細長い棒のような道具や小石のような物体だ。棒のような道具は明らかに男性器と同じかたちだった。

「……お、お……大人のオモチャ……」

やはりスマートフォンから得た知識で、エリカはそういう道具があると知っていた。当時は大人の世界を垣間見て、罪悪感に苛まれたのだが、それは今も変わらなかった。

これ以上、大人のオモチャに関するページを読み進めてはだめだと理性が訴えているのに、どうしても好奇心が抑えられなかった。

『エリカ』

「は、はぃぃっ！」

声は、ソファの上で昼寝をしていたはずのクロコから聞こえた。

『どうしたのだ？　様子がおかしい。また負の感情に支配されている。……迷い人の本？　それが君を苦しめているのか？』

エリカの心を占めていた感情は、エッチな気持ちと罪悪感だ。深刻な理由ではないとしても、罪悪感は負の感情に分類されてしまったのだ。

「違います！　やだ、見ないで……」

本を閉じようとするエリカの行動は、小さな黒い前足によって阻まれた。クロコを挟んでしまうことを恐れ、エリカはなにもできない。

ダリルはクロコの瞳を通して、大人のオモチャについて解説されているページを読んでいるのだろう。沈黙がいたたまれない。

『――ほう？　待っていろ、すぐそちらへ行くから』

「来ないで！」

エリカは叫ぶが、クロコからは返事がない。ニャッ？　と小さく鳴いたことでダリルがもう感覚の共有を解いたのだとわかる。

（逃げたい……）

まもなくダリルがやってくる。逃げたら追いかけてくるのは火を見るより明らかだ。たとえオモチャであっても、エリカがダリル以外の男性器らしきものを見て興奮した事実を知って、彼はどうするのだろうか。嫌な予感しかしなかった。

やがて扉がノックされ、ダリルが姿を見せる。その瞬間、エリカは言い訳を試みる。

「ご、誤解です。……負の感情になど支配されていません。なにかの間違いです。それに、これはプライバシーの侵害です！」

自分は悪くない、悪いのは感情を読み取る魔法のほうだという主張は通用するのだろうか。拒絶するならこの魔法をかけられた登城初日に言わなければならなかっただろう。

「卑猥(ひわい)な感情は〝負〟に分類されるのか……。そういえば、クロコをそばに置いたまま触れ合いをしたことはなかったな」

「エッチな気分に反応したんじゃなくて、悪いことをしている気持ちになったんです」

「……そうだな。実際に、私以外のなにかを想像して欲情するのは悪だ」

ダリルはエリカから本を取り上げて、該当ページまでパラパラとめくった。それから男性器を模した道具の絵をエリカの目前に掲げた。

「見せつけないでください……」

エリカは手で目の付近を覆って、俯いた。

「食い入るように読んでいたから私に伝わったんだろうに。本当に悪い子だ。……だが、そうだな。こっちの道具なら使ってみてもいいだろう。仕置きにはちょうどいい」

「仕置き……」

ダリルが指し示していたのは、小さな卵型の道具――ローターだった。エリカは一歩後ろに下がる。するとダリルが長い足で踏み込んできて、すぐにエリカを捕らえた。

「逃げてはだめだ。それから感情が乱れすぎている」

いつものような魔力の蔓は出てこない。言葉と表情でエリカを縛りつけ、従順であるかどうか試しているのだ。

「ダリル……」

ソファに座るとダリルは該当ページを開いた状態でテーブルに置いた。

「振動を与えるだけの単純な構造だと書いてあるな。どれくらいの刺激にすればいいのかが書かれていないのが残念だが……試して調節すればいいいか」

このままでは、エリカは大人のオモチャ開発の被験者になってしまう。

「待ってください！　この本、おかしいんです」

今にもお仕置きをはじめてしまう勢いに焦ったエリカは、どうにか話題を逸らした。

「どこがだ？」

「技術者は百年前の迷い人だと聞きました。でも、この本の内容は明らかに私が育った時代と同じか……もしくはそれ以上に発展している世界な気がするんです。図書館で読んだほかの資料も、なんだか違和感があって……」

「なるほどな。だが、おかしくないんだ。この世界と迷い人がやってくる世界のあいだには空間と時間の歪みが存在しているという説があるから」

よくわからない説明をして、ダリルは話を終わらせてしまう。

ダリルの人差し指から少量の血が流れた。宙に浮いている魔法陣の中央に血を捧げると、そこから黒い霧が発生した。

魔力が集まり、実体を持つほどに凝縮されていく。

「あ、あの……待って……ダリル……」

彼は止まってくれない。魔力の塊はやがて小石くらいのサイズになっていった。

「……よし、完成だ」

魔法陣から発せられていた光が収まる。ダリルの手のひらには黒い石のようなものがちょこんと乗っていた。彼の魔力を集めて作ったローターだ。

ダリルが見つめると、石は低い音を立てて小刻みに震えた。彼の魔力のみでできた道具だから好きに操れるのだろう。

「ダ……ダリル……だめです」

軽く腰のあたりに手を回されているだけなのに、エリカは逃げられない。仕置きは恐ろしいが、彼の歪んだ部分を受け入れるのが愛情の証明になる気がしていたからだ。

「本当に異世界の者はけしからん。道具があったとして、それをわざわざ書き残したのは広めたかったということだろう」

スカートがめくられて、低い音を立てながら振動するローターが太ももに押しあてられた。

「ひっ！　あぁ……くすぐったい……お仕置き、嫌……」

ダリルはエリカの言葉など無視してローターを脚の付け根へと移動させた。ショーツの上から敏感な場所を撫でられるだけでゾワリと鳥肌が立つ。

わずかに花芽をかすめると、これは人を壊す凶器だとすぐにわかった。

「あ……、だめ……！　本当に、こ……壊れちゃ……」

「強すぎたか？」

エリカが必死に頷くと、ローターの音が穏やかになる。ダリルはずるい人だ。エリカが一番だと言いながら、好き勝手に欲望をぶつけてくるし独占欲の塊で、その愛は完全に歪んでいる。けれど、絶対に越えてはならない境界だけはわかっていてエリカの心を壊す真似だけはしない。

だからエリカは結局、彼のすることを受け入れてしまう。

「優しく……してくれないと……うぅ、あぁ」

穏やかな振動に変わっても、花芽に押しあてられると逃げたくなるほどの刺激だった。腰を引こうとしても、ダリルの片腕が回されている状態ではどうにもならない。ジリジリと肘掛けのほうへ寄っても、逃げ場を失うだけだった。

「……うっ、ふあぁっ、あ、あぁぁぁっ！」

ダリルの指がエリカのショーツをずらして、ローターを直接押しあててくる。ショーツの布地で固定されてしまい、背中を反らしてめちゃくちゃに暴れてもどうにもならなかった。

「やっ、やだ……ダリル……、あぁっ、取って……これ……ん、――んっ！」

ダリルが覆い被さってきて、エリカの唇を塞ぐ。もう切羽詰まった状況を伝える術すら奪われてしまった。

ダリルはキスを続けながら、エリカの服を乱していく。胸元がはだけ、頂があらわになった。まだ触れられていないのに、二つの突起は最初からツンと立ち上がっている。乱暴に思えるくらい激しく胸が揉みしだかれると、ダリルの服に擦れてピリッとした刺激を産んだ。

「ん――っ、んん！」

花芽と唇と胸、それらすべてを同時に愛され、急激に昇り詰めていく。

（道具で、達っちゃ……う。だめ……、ダリルじゃないと……）

人工的な振動で絶頂に至ったら、愛する人にされているから感じるのだと自信を持って言えるのだろうか。感じたくないのに、エリカの身体はすぐ快楽に負けてしまう。

振動を与えられたせいで敏感な場所は麻痺してしまっているのに、お腹の中に快楽だけは溜まっていく。

意識が遠のく寸前だった。

もう、どうなってもかまわないと抵抗する気力を失った瞬間、頭の中でなにかが弾けた。

「――んっ、ん！　あぁぁぁっ！」

背中が仰け反り、身を強ばらせると唇が離れてしまった。エリカはダリルの下で何度も痙攣し、彼に喜びを伝えた。

ローターの振動が止まる。快楽の波はすぐには引いてくれず、エリカは荒い呼吸を繰り返しながら昂りを落ち着かせていった。

「よかったみたいだな」

「……はぁっ、はぁ、……よく、わからない……気持ちいいのに、怖い……の……オモチャはもうだめ……」

たとえダリルの魔力でできた道具だとしても抵抗があった。エリカはダリルに愛されたいのであって、ただ快楽を得られればいいとは思っていないのだから。

「エリカ」

ダリルがエリカの手を取って、ズボンの上から硬くなった男の象徴に触れさせた。

「苦しそうです」

「そうだ。なぐさめてくれるか?」

エリカの痴態に興奮した証がそこにある。彼は淫らな女を嫌わない。叶うならば、ダリルにも同じ場所まで堕ちてほしいとエリカは願っていた。

「なぐさめて……あげたいの……」

エリカはダリルの肩を押して半身を起こす。彼をソファにゆったりと座らせた状態で、ズボンに手をかけた。煩わしい布に覆われて窮屈そうにしていた男根が解放された。

「こんなに……なって、かわいそうです……」

直接触れると、ダリルがわずかにくぐもった声を漏らした。最初は優しくゆっくりと、彼の様子をうかがいながら力を込めていく。両手のひらで包み込んで、傷つけないように注意しながら上下に動かした。

ダリルの様子をのぞき見ると、彼は眉間にしわを刻んで必死に声を抑えているようだった。余裕のあるふりをしたいのだとすれば、なんだか可愛らしい。エリカはもっと彼を翻弄したくてどうしたらいいのか必死に考える。

　そして、いきり勃つ男根に顔を寄せた。

「エリカッ！」

　焦った様子の呼びかけがあったが、エリカは無視して、膨らんだ先端にキスをした。舌を出して、チロチロと舐め上げ、彼の敏感な場所を暴いていく。

　彼の反応をうかがいながら丁寧に舌を這わせ、そっと口に含む。

「あぁ、こんな……」

「……んっ、……ん」

　ダリルの男根は太くて、浅く咥えるだけで口の中がいっぱいになった。それ以上なにをしていいのかわからず、エリカは視線を上げた。

　ダリルの金色の瞳は欲望をはらみ、あやしく光っている。

「少しでいい……動いて……。そうだ……」

　エリカは命じられたとおりに、頭を上下させた。喉の奥まで押し入ってくると嘔吐きそうになる。

　深く受け入れることが愛情の強さになると信じていなければ到底耐えられない。

　ダリルがエリカの頭を撫でてくれる。それで安心し、彼への奉仕を続けているうちにエリカの目にはじんわりと涙が浮かんだ。

二人の関係は進展することはあっても、後退はありえない。それなのに、最近周囲が煩わしくて不安なのだ。今は二人きりだった。このままずっとここにとどまって身も心も繋げてしまえたらどれだけ幸せだろうかと、エリカはぼんやり考えていた。

髪に触れていたダリルの手に力が込められた。咥えているものを吐き出すことは許さないと言われているようだった。

「……っ！　ん、んん──っ！」

急に身体に衝撃が走る。止まっていたローターがまた振動をはじめたのだ。頭を上げてダリルにやめてほしいと訴えたくても、押さえ込まれているせいでままならない。

「ん、ん……、ん……」

一度鎮まっていたはずの昂りが再燃する。ダリルをもっと心地よくしたいのに、油断するとすぐに自分が快楽を得るほうを優先してしまう。これではだめだと奉仕を再開すると、急に振動が強まり、集中力が途切れる。その繰り返しだった。

（もう……だめ、こんなのすぐに……達っちゃう、あ……だめ、だめ……！）

次はダリルが気持ちよくなる番だったはず。それなのに、彼は意地悪だった。エリカはポロポロと涙を流しながら、迫る絶頂をやり過ごそうとした。けれど無駄な努力だった。

ダリルはエリカの身体について、本人よりもずっとわかっているのだ。抗えるはずもなく、すぐに限界が訪れた。

「んん──っ！」

声を出すことも許されないままエリカは達してしまった。もう快楽を受け入れること以外、なにもできなかった。ダリルがすぐにローターを止めてくれたが、一度高みを経験すると、しばらく余韻が続く。大げさに身体を痙攣させながら、エリカは快楽に翻弄され続けた。

いつの間にか頭を押さえていた手が離れている。エリカは一度顔を上げて呼吸を整えようとした。

「ダ、リル……、意地悪……はぁっ、はぁっ……意地悪しないで……」

「ただ愛しんでいるつもりだが……、くっ」

彼が低く呻いたのは、エリカが昂ったままの竿を握り直し、軽くキスをしたからだ。荒い呼吸をそのままに、もう執念で彼を高みまで連れていこうと必死だった。

「……ふっ、ふぁっ、ん、ん」

「あぁ……いい子だ……」

ダリルには何度も導いてもらっているのに、エリカはまだお返しができていない。前にこういうことをしたときは、途中からダリルが腰を動かしていたのだから、エリカがしてあげたとは言えなかった。

彼の呼吸が徐々に荒くなる。

(もっと……乱れて、気持ちよくなって……)

そんな思いで、エリカは口をすぼめて、必死に快楽を与えようとした。

急に肩が押され、ダリルが男根を引き抜いた。次の瞬間、放たれたものがエリカの頬や髪にかかった。

彼が吐精したのだとわかって、エリカの心は歓喜で満たされた。男根が小さく震え、ダリルはソファに横たわったまま呆然（ぼうぜん）としていた。エリカの奉仕でそうなったのだ。

「君の美しい髪が汚れてしまったな」

「ダリルにされるのなら、かまわないの……なんでも……」

「私が嫌なんだ。綺麗にしてやる」

エリカの髪になにかが触れた。少しひんやりとしているから水だろう。そのあと風が髪や頬にあたり、わずかにぬくもりを感じた。ダリルが魔法を使って清めてくれたのだ。

「この髪、ダリルが綺麗だって言ってくれるから、長く伸ばしているんです」

「私のためだったのか。嬉しいよ、エリカ」

「……だって、これしか同じところがないんだもの。守ってもらう理由も、この髪しか……」

ポロリと本音が飛び出た。

「エリカ？」

幸いにしてダリルは今の言葉を聞き取れなかったようだ。

それなりに賢いつもりでいたのに、エリカはきっと愚かな人間なのだろう。オブシディアン公爵家がこれ以上孤立しないことを望んだのは彼女だ。目標のためにダリルを散々付き合わせ、最近ではわずかな手応えを感じていた。

エリカは、オーレリアのようにダリルの実績を認め、闇公爵家を恐れない人が現れることを望んでいた。

けれど実際にオーレリアに出会い、激しく後悔していた。

オーレリアの存在によって、エリカはダリルの特別ではなくなってしまう。

「私、お兄様のためなら……なんでもできるの……。本当です」

今までは、ただ髪が黒いというだけでエリカは無条件でダリルに守ってもらえた。ダリルを正しく見る者はエリカだけで、逆もしかりという関係だったからだ。

闇公爵家が正しく評価され、黒髪だからというだけで差別を受けない世界になれば、エリカは誰かに守ってもらう理由を失う。そしてダリルを愛する人も一人ではなくなるのだろう。

「突然どうしたんだ？」

エリカは答えず、ダリルに抱きついて目を閉じた。

「私がこの世界で一番、ダリルのことが好き……絶対に、誰よりも」

魔力もなく、迷い人としても役に立たないエリカが誇れるのは、たったそれだけだと痛いほど自覚した。

第四章　もし、別の道があるとして

城で王家主催の舞踏会が開かれる日がやってきた。トレヴァーの妃候補となっているエリカは当然ながら招かれている。

トレヴァーは候補者全員とダンスを踊るはずだが、誰がファーストダンスの相手に選ばれるのかは注目の的となる。

「どうですか？　このドレス」

舞踏会用のドレスは金色だった。リボンなどの装飾は黒のレースで、オブシディアン公爵家の瞳と髪の色を模している。

血の繫がりはないものの、エリカが闇公爵家の一員であるという証の装いだ。

「美しいな。エリカのためにあつらえたのだから当然だが」

「ダリルも格好いいです。ファーストダンスは絶対に私と踊ってくださいね」

ダリルは今日も黒の衣装だが、正装だと袖口や襟元などに金色の刺繡がつくので華やかだ。金のドレスと対になるような印象であることもエリカには嬉しかった。

黒髪はしっとりと撫でつけるように整えてあり、大人の色気が感じられた。麗しい、闇の貴公子だ。

「私はエリカとしか踊らないよ。だが君は……」

トレヴァーとも踊らなくてはならないはず、と彼は言いたいのだろう。

「ファーストダンスはアイリス様が選ばれると思いますよ」

実際アイリスは妃にふさわしい能力を持っていた。考査のほとんどでトップの成績を収めているし、光属性の魔力を持つホワイトパール伯爵家の者の中でも、とくに優秀という評判だ。

性格はあまりよくない気がしているが、オブシディアン公爵家の人間に好意的な者のほうがこの国ではめずらしいのだ。エリカは自分の主観があてにならないとも思っていた。

エリカは妃候補に選ばれてからはじめてダンスを習った。妃候補たちと一緒にレッスンを受け、屋敷でもグロリアとジェームズに教わりながら何度かダリルと練習をしたのだが、簡単なステップをロボットのように踏むことしかできない。

だから今夜はできればダリルと目立たない場所で踊って、雰囲気だけ楽しみたいという希望だ。トレヴァーとのダンスは皆が忘れかけた最後のほうにしてもらいたかった。

「そうだな」

支度が終わると二人で馬車に乗り、城へ向かった。まもなく日が落ちる時刻だ。過保護な家族を持つエリカだから、こんな時間に出かけるのはめずらしい。

それだけで大人の仲間入りをした気がした。

城に着いてから、舞踏室へと続く回廊を歩く。参加者たちの煌びやかな衣装がまぶしかった。

この日はダリルがそばにいるので、クロコは留守番だった。さすがにクロコを肩に乗せたままではダンスは踊れないだろう。

（舞踏会か……。漫画では私の子分みたいな令嬢が、アイリス様に飲み物をかけてドレスを汚してしまうのよね）

物語の中で、この時期のエリカはまだ裏で暗躍する役割だ。弱みを握っている令嬢に命じ、アイリスのドレスにワインをかけて台無しにするという工作を行う。

ワインをかけた令嬢が故意ではないと主張すれば、心優しいアイリスはそれを認め許しかない。

これではもうダンスを踊るのは無理だと考え、アイリスは舞踏室を去ろうとする。そこにトレヴァーが現れて、彼女を気遣う。そしてファーストダンスの相手に選ぶのだ。

「ならばバルコニーに出ようか？　夜の闇が都合の悪いものを隠してくれるはずだ」

トレヴァーはキラキラとしたほほえみを向けて、アイリスをバルコニーへと誘う。

やがて楽団による演奏がはじまり、月明かりの下でワルツを踊り出す。

アイリスの魔力が影響し、彼女の周辺に蛍のような光が漂う。舞踏室で踊っていた者たちも、清らかで美しいアイリスに魅入られて、二人のダンスを見守った。

そんなストーリーが展開されるのだ。

この一件で、アイリスが『選妃』の本命だと皆が確信する。そして焦ったエリカがなりふりかまわず行動しはじめることとなる。

すでに今の状況と漫画のストーリーは一致しないのだから、結末も違うとエリカは信じたかった。

けれど『選妃』への参加が回避できなかった件など、重要な部分だけ漫画のとおりになってしまっている気がして不安を払拭できずにいた。

（……と言っても、私にできることってあまりないのよね）

できるのはアイリスの邪魔をしないこと、ほかの令嬢がアイリスを陥れようとしたら、とにかく犯人に仕立て上げられないようにすることくらいだ。

漫画と違い、アイリスは伯爵家で虐げられている様子もなく、小さな頃から妃候補になるべく教養を身につけている。

評価はすでに高いのだから、このまま誰にも邪魔されず彼女が妃に選ばれればいいとエリカは思う。けれど、トレヴァーが妃候補としての考査で落第点ばかりのエリカを気にかけているため、なかなかうまくいかない。

「ぼんやりしているな？」

考え事をしながら歩いていると、エスコート役のダリルが顔を覗き込んできた。

「すみません、人の多い場所に慣れていなくて」

「そうか、疲れたらすぐに言うんだぞ」

昔はなんでも思ったことを口にしていたのに、最近は大好きなダリルにすら、本心を話せないことが増えている。

エリカは少しずつ大人になっているのかもしれない。けれどダリルの過保護は相変わらずで、今のエリカはそれがくすぐったくて嬉しかった。

だから彼の腕に添えていた手に少しだけ力を込めて寄りかかる。エリカがこっそり甘えているのだと気づいたダリルが笑ってくれた。

このまま二人だけの世界に浸っていたいエリカだったが、そうはならなかった。

広々とした舞踏室に入ってすぐ、アイリスと目が合った。彼女は淡いピンク色のドレスを身にまとい、妖精か天使かという可愛らしさだ。いつになく好意的な様子でエリカたちのほうへやってくる。

「エリカ様、素敵な夜ですわね」

「こんばんは。……今日も可愛らしいですね」

「ありがとうございます。エリカ様もオブシディアン公爵家にふさわしい装いで、どこにいらっしゃってもすぐに見つけられそうです」

「光栄です」

悪目立ちしているという意味だと理解しているエリカだが、あえて気づかないふりをした。ダリルはため息をついてから顔をしかめ、そっぽを向く。

「そうだ！　……喉が渇きませんか？　わたくし飲み物を持って参りますわ」

アイリスは周囲を見回して、給仕の者を探す。自ら歩み寄って、グラスを二つ受け取ると小走りで戻ってきた。

「え……？　アイリス様⁉」

アイリスが脚をもつれさせ、グラスが手からこぼれ落ちる。中に入っていた紫色の液体はまっすぐエリカに飛んできてドレスにかかった。直後、ガシャンという音が響いた。

「キャッ、痛い！　……わたくしったら。……あれ⁉」

自分で自分の頭を小突きながら、アイリスが顔を上げる。そしてエリカの汚れたドレスを見て、顔面蒼白になった。

「ど、どうして……⁉　あなたには『反射』が……」

彼女は他人のドレスを汚してしまったことではなく、『反射』が発動しなかったことに驚いている。これが誤って他人のドレスを汚してしまった者の正しい反応なのだろうか。

「アイリス様こそ、なぜこんなことを……」

「だって、『反射』が……。い、いいえ……転んでしまったのですわ。申し訳ありません、エリカ様……っ！　わたくし、なんてひどいことを」

アイリスは手で顔を覆い、泣きはじめた。これはきっと彼女の作戦だとわかっているのに、エリカはどうしても怒りを抑えられなかった。

アイリスが漫画の内容を知っているとは思えないが、もし『反射』が発動していたら、アイリスのドレスが汚れるという漫画と似た展開になっていた。

きっと以前、別の令嬢がエリカに熱い紅茶をかけた事件を模倣したのだ。前回、『反射』が発動したのは紅茶の温度が高かったせいだ。今回はワインで、ダリルの魔法はそれを害のないものだと見なした。

公の場では警備の者など限られた人間、または命を脅かす緊急事態でしか魔法の使用は認められない。エリカはマジックアイテムの携帯許可を取っているが、魔力を持たないからこその特例であり、許されていても良識のある使い方が求められる。

例えば、ダリルは怒りに任せて魔力を放出してしまう悪癖があるものの、ギリギリ見逃してもらえる範囲を保っている。魔法の使用が認められないとわかっているからこそ、肖像画破損事件のときにはトレヴァーに対し、許可を願い出ていたのだ。

エリカがマジックアイテムによって、舞踏会という公の場で他人のドレスを汚すような事故を起こしてしまったら、相手の過失にかかわらず過剰防衛という誹(そし)りを免れなかっただろう。

(狡猾(こうかつ)だわ……)

アイリスの目的は、貴族たちの目がある場所でエリカにマジックアイテムを使わせて、エリカと闇公爵家を貶めることに違いない。

「お兄様に選んでいただいたドレスが……。いくらなんでも許せません……！」

無害な水分だけなら魔法は発動しない。それでは手を洗うことすらできなくなってしまうからだ。けれど、過剰防衛にならなくてよかったとは到底思えなかった。くだらない争いのためにダリルとの思い出が穢されるのは許せない。

憤るエリカと、そんな彼女を恐れるアイリス――舞踏室に集まった人々からは「あんなに怒らなくても」、「事故だというのに」と、アイリスを庇う声が上がった。

結局、『反射』が成功してもしなくても、皆は光属性の儚げな令嬢の見方をするのだ。

するとダリルがスッと歩み出て、二人のあいだを塞ぐ位置に割って入った。

「そこの娘。『反射』による被害者になれなかったようだが、こんなに同情が集まったのだから、貴様の勝ちでいいではないか。……我々は別室に移動しようか、エリカ」

エリカは頷いてダリルが差し出した手を取った。

ドレスのしみを取るのはダリルの魔法なら簡単だ。この会場では問題があるが、休憩用の部屋に移動し許可をもらえば魔法が使える。

まもなくダンスがはじまる時刻だから、トレヴァーの相手は後半になるが、エリカとしては好都合だった。

「その必要はないよ」

二人が舞踏室の出口に向かって歩き出そうとしたとき、トレヴァーが姿を見せた。藍色と白でまとめられた正装姿の彼は、エリカのほうへまっすぐやってくる。

すると焦った様子でアイリスが立ち上がり、トレヴァーに話しかけた。

「トレヴァー殿下！　あの、……お騒がせしてしまい、申し訳ありません。故意ではないとはいえ、わたくしのせいでエリカ様のドレスが」

「舞踏会は『選妃』における重要な儀式のようなものだ。不注意で済まされるときとそうでないときがあるのだと知るべきだよ」

いつになく、険しい表情だった。

「……で、でも」

トレヴァーはアイリスを無視し、エリカのすぐそばまでやってくる。

「すまない。別室でドレスを清める時間はあげられない。私が責任を持って元どおりにすると約束するから、一曲だけ付き合ってくれ」

「ですが、このようなドレスでトレヴァー殿下のお相手を務めることなどできません」

「そうだな……、ならばバルコニーに出ようか。夜の闇が都合の悪いものを隠してくれるはずだ」

漫画の中の印象的なセリフと重なった。ただし、相手はヒロインのアイリスではなく、悪役令嬢だったはずのエリカだ。

「私は……」

この舞踏会で王子と最初にダンスを踊る令嬢は、『選妃』の本命と見なされる。エリカはこの状況を切り抜ける方法が思いつかず、ダリルに助けを求めた。

「エリカ、行ってきなさい」

静かな声で、彼はそう言った。彼はいつもエリカの前では表情豊かだ。皮肉っぽい顔だったり、憤りだったり、笑顔だったり、素直な感情を見せてくれる。

けれど、今はなにを考えているのかわからなかった。

「お兄様……？」

それは、エリカが求めていた言葉ではなかった。ドレスの汚れを理由にファーストダンスの相手を回避することも可能な状況だというのに、ダリルはそうしなかった。

「心配せずとも、ドレスはあとからでも直せる。せっかく舞踏会にやってきたのだから、楽しんでくるといい」

ダリルの言葉はまるで他人事のようだ。突き放されている気がして胸が痛かった。

（違う……。王家とオブシディアン公爵家のあいだに波風を立てないために、そうしたほうがいい状況というだけ……）

この場でダリルを問い質したい衝動を、理性でどうにか抑え込む。

トレヴァーがゆっくりと手を差し出した。エリカはためらいがちにそれを取る。動揺してわずかに震えているのを、彼に悟られないことを祈った。

二人が歩き出すとそれまで見物していた紳士淑女がサッと捌けていき、バルコニーまでの道ができる。

集まった貴族たちはトレヴァーが闇公爵家の養女をダンスの相手に選んだことに驚き、その意図を図りかねている様子だ。

皆の視線を集めながら、二人はバルコニーへとたどり着く。今夜の主役となった二人に合わせ、楽団による演奏がはじまった。

「エリカ殿はダンスが苦手だと聞いていたけれど、うまいじゃないか」

「ありがとうございます。……つい先日学びはじめたばかりですから、足を踏んでしまっても許してください」

　つたないステップだったが、トレヴァーの自然なリードのおかげでそれなりに踊れていた。王子様からダンスに誘われたというのに、エリカの胸の内を占めるのはダリルへの戸惑いだった。今夜トレヴァーと踊ることは最初からわかっていたが、エリカが異性の手を取ることをダリルが許したのははじめてだったからだ。

「いいよ……。望んでいないのに誘ったのは私だから」

　エリカの望みをわかっているのなら、なぜこんな行動に出たのだろうか。

「トレヴァー殿下は私をどうしたいのですか？　妃には向いていないと思います」

　皆がバルコニーでのダンスに注目しているが、小声の会話までは聞こえないはずだ。

　エリカはこの機会に、本音でたずねてみることにした。

「約束は今でも有効だ。最終的な決定権は君にある。……エリカ殿、オブシディアン公爵家の外の世界は見られただろうか」

　彼と出会ったのは慈善活動で訪れた孤児院だ。オブシディアン公爵家の外の世界というのは、単純に屋敷の外を指す言葉ではないのだろう。本来迷い人であるエリカが関わりを持っていたはずの国の中枢に近い世界――ダリルがエリカを守るために遠ざけようとしていた貴族たちのいるこの場を指すはずだ。

「はい。たぶん、そうなんでしょう。でも……」

もし『選妃』の候補者にならなければ、エリカは闇公爵家の印象改善をしようという志を抱きながらも貴族の社会には足を踏み入れないままだっただろう。

民からの印象が改善されても、政治に関わる貴族たちが変わってくれなければ根本的な解決にはならないというのに、それに気づけないままだったはずだ。

ダリルと結ばれて、ずっと彼に守られ、幸せに暮らしていたに違いない。

今のエリカは望まない環境に身を置くことで、それまで見えていなかったものが見えるようになった。

「知りたくなかった?」

ダリルとの歪な関係も、強く認識させられた。

「正直に言えば、そうです……。私ってだめな人間だったみたいです」

最初から共依存だとわかっていたのに、それでいいと思っていた。

外の世界に目を向け今までの行動を振り返ると、それではだめなのかもしれないと自覚させられた。

「曲が終わってしまったね」

「誘ってくださってありがとうございました、トレイシーさん。でも、私の一番大切な人はダリルですよ。もしあの人の気持ちが変わっても、私は変わらない自信があります」

エリカはあえて、出会ったときに教えてもらった偽名で呼びかけた。王子としてではなく、ただの男性としての彼と向き合って、それでもダリルへの想いが絶対であると断言したかったのだ。

「ハハッ、手強いな。……ちょっとじっとしていて」

トレヴァーはエリカの前にひざまずくと、しみが残ったままの裾をわずかに持ち上げた。

「なにを……？」

やがてドレスが輝き出す。小さな光の粒がエリカのドレスの周囲を飛び回っていた。

しばらくして光が収まるとドレスのしみはすっかり消えていた。

「公の場での魔法の行使は王族の特権だ。ダリル殿の『再生』とは違うけれど、『浄化』も難しい魔法なんだよ」

トレヴァーは立ち上がり、もう一度手を差し出した。エリカがそっと重ねると、舞踏室に戻るために歩き出す。

「私はまだ、負けを認めたわけじゃないから。残念だが、今夜はこれで。ダリル殿のところへ戻ろう」

小声でそんな宣言をしてから、トレヴァーはキョロキョロと周囲を見回して、ダリルを探しはじめる。

（どうして、私なんだろう？）

彼は誠実で優しい王子様だ。もっと綺麗で、頭がよくて、魔力を持っている令嬢がたくさんいるのに、彼がエリカを求める理由はなんだろうか。

釈然としないままぼんやりしていると、窓際にダリルの姿を見つけた。エリカは背中を向けているダリルに近づいたのだが、談笑中だと気がついて足が止まった。

ダリルと話をしているのは、魔法研究員のオーレリアだった。

「ここまでで大丈夫です」

「だが……」

エリカが申し出ると、ダリルのところまで送り届けるつもりでいたらしいトレヴァーが困惑した。

「お兄様はお話し中のようですから、邪魔をしたくありません。……トレヴァー殿下はどうぞ、ほかの方ともダンスを」

今夜、第一王子は候補者全員とダンスをする予定だ。エリカにばかりかまけていてはいられないだろうし、不平等だ。エリカがそう言うと、彼は手袋越しに指先に軽いキスをしてから離れていった。

（オーレリアさん……）

二人の会話が聞こえる位置まで近づく。後ろめたいことなど一切ないはずなのに、エリカはつい、死角になる柱の陰に身を隠してしまった。

エリカの理解できない専門的な用語が飛び交い、二人とも楽しそうだった。金属の融点や、炎を操る魔法について語っていることだけはなんとなくわかる。

目立つ赤い髪は高い位置で結い上げて、まとうドレスは深い青。魔法研究員のローブのもさっとした印象は消えていて、今夜のオーレリアは美しい大人の女性だ。

頬がほんのり赤く、うっとりとしている。その視線の先にダリルがいるのだと感じた瞬間、エリカの心が真っ黒に染まった気がした。

ダリルと歳も近く、博識で話も合う。オーレリアは、エリカよりもよほど彼にふさわしい相手だった。

（ダリルはいつだって私を優先してくれる……。でも……）

エリカが戻れば、彼は難しい魔法理論の話をやめ、ダンスで疲れていないかと気遣ってくれるはずだ。もしくは図書館のときのように体調不良を訴えれば、すぐに帰宅しようと言ってくれるに違いない。

ずるい感情に支配されそうになったエリカは、彼らのそばからそっと離れた。

（オーレリアさんはダリルに恋をしているんだ）

美しく着飾った彼女の姿がエリカの心をかき乱した。あれは尊敬する相手に向ける表情ではなかった。

涼めば冷静になれるはずだと考えて、もう一度バルコニーへと戻る。

恋人同士と思われる数組の男女がいたが、黒髪のエリカに気がつくと、避けるように距離を取った。おかげで誰にも邪魔をされず、一人になれる。今この瞬間だけは、忌み嫌われている髪の色に感謝した。

（この前会ったばかりなのに、親しげだったな）

彼が闇公爵家の外の人間との会話で楽しそうにしているのを、エリカが見たのははじめてだった。冷静になるどころかどんどんと気持ちが沈んでいく。

もし今夜クロコを連れていたのなら、嫉妬で心が負の感情に囚われているのが丸わかりだっただろう。

今、ダリルに愛されているのは間違いなくエリカだ。それでも、人の気持ちが永遠ではない可能性に気がついて、焦っている。

なんの特技も持たないエリカは、ダリルがそれに気づいてしまうことを恐れていた。

何度か深呼吸をして、心を落ち着かせる。あまり長時間ダリルのそばを離れるのもきっと心配をかけてしまうだろう。彼に手間をかけさせる前に戻らなければと考えていたところで、アイリスがまっすぐに向かってくるのが見えた。

「エリカ様、先ほどは申し訳ありませんでした」

普段は積極的に関わろうとはしない彼女が、今夜に限って二度も自らやってくる。エリカはつい、警戒してしまう。

「ドレスはこのとおり綺麗になりましたから、もう気にしないでください」

先ほどは危うく、エリカが狭量な悪役になってしまうところだった。今度は冷静に、無難な対応を心がける。

「いいえ……。不注意とはいえ、候補者としてふさわしくない行動でした。……そうですわ！　お詫びにいいことを教えて差し上げます」

アイリスのほほえみはキラキラしていて可愛らしい。けれど、エリカの警戒心は増すばかりだ。

彼女にとってのいいことは、エリカにとって同義なのだろうか。

「いいこと、ですか？」

「ええ……。わたくし、四年前に公爵閣下にお会いした日のことを思い出しましたの」

「お兄様に？」

「公爵閣下は、ホワイトパール伯爵家に残る文献の閲覧をするためにいらっしゃったんです」

二人が顔見知りらしいことは、以前からエリカも知っていた。めずらしい光属性の魔力に対し誇りを持っているホワイトパール伯爵家は、対極にあるオブシディアン公爵家を嫌っている。

実際、アイリスも彼女の父親も、初対面のときあからさまにエリカを疎んじていた。

それなのに、ダリルはわざわざ伯爵家を訪ねたという。相当貴重な文献に違いない。

「どういった文献だったのでしょうか？」

「異世界に行くための『門』の研究……つまり、あなたが元の世界に帰る方法が記された本ですわ」

アイリスは意味ありげに笑った。今の話のなにがそんなに楽しいのか、彼女がなにを言いたいのか、エリカは察することができなかった。

「それが、どうかしたのですか？」

ダリルが元の世界に帰る方法がないかを調べてくれたことは、エリカも知っている。仲の悪い家にまで、文献を探しに出向いてくれたのだ。

「驚かないのですか？　公爵閣下に裏切られていたというのに」

「だって、研究はされたけれど帰る方法はないのでしょう？」

以前にダリルからそう聞いていた。彼がエリカに嘘をつくはずはない。

「……まぁ！　エリカ様にはそう説明されたのですね。……だから四年もこの国にとどまっていらっしゃったのかしら？　おかわいそうに……、光属性の魔法で、異世界へと繋がる門を開くことはできるんですよ」

「嘘です。お兄様は元の世界に戻る方法はないと、はっきりおっしゃっていました！」

アイリスの言葉は淡々としていて、だからこそ、エリカは冷静ではいられなかった。

ダリルはいつもエリカに隠し事などしない。離ればなれになるとしても、帰る方法があるならば、そう言うはずだった。

「わたくしが嘘をつく理由はありませんけれど、公爵閣下にはおありなのでは？」

「理由なんて……」

アイリスの言葉とダリルの言葉。エリカが信じるべきなのがどちらかなど明白だ。それなのにアイリスの話を一蹴できないのはなぜだろうか。

「迷い人であるエリカ様にはなにか特別な力があるのではなくて？　だから公爵閣下がこ

だわり、トレヴァー殿下は妃候補に選んだのでしょう」

「そんな力、私にはありません。……お兄様が私を裏切るはずない」

迷い人としての力があるというのは、アイリスの思い過ごしだ。

けれど、ダリルが謀る可能性を否定しながらも、エリカは頭の片隅で考えてしまった。

出会ったときからダリルは優しく、エリカに大きな関心を抱いていた。闇公爵家の者と同じ黒い髪を持つ迷い人は、ダリルにとって特別な存在だ。

エリカも同様ではあるものの、帰る手段があったらきっと日本に戻りたいと願っただろう。髪の色だけで命の危険に晒されるにもかかわらず一人では身を守ることすらできないのだから、この世界はエリカにとって生きづらい。

もしダリルが、エリカを帰したくなくて嘘をついたとしたら――。

彼に疑念を持つことが裏切りに思え、エリカはかぶりを振る。

「わたくしをお疑いならば、公爵閣下に直接問い質せばいいでしょう。あ、でも……正直に話してくださるとは思えませんわ。だって四年も隠していたのですから」

「四年……」

「かわいそうなエリカ様。本当のご家族は、もう……あなたのことを忘れてしまっているかもしれませんわ」

ズキリ、と胸が痛んだ。きっと、エリカのほうが両親より先に会えないことを悟って割り切っていた。まだ子供だったから、新しい家族を愛し、忘れることが自衛手段だったのだ。日本にいるはずの両親を思い出して涙を流すことがなくなったエリカは、薄情な娘に違いない。

「どうして私にそんな話をしたんですか？」

この人の話は聞きたくない、逃げたい、と思うのになぜか質問を続けてしまう。握りしめた手が妙に汗ばんでいた。

「もし、困ったことがあれば協力して差し上げたいのです。お詫びだと言ったでしょう？」

アイリスは漫画の中に出てくる純真な令嬢ではない。したたかで、周囲の評価も実力も、条件で選ぶのなら候補者の中で最も妃に近い存在だ。

そして、トレヴァーが個人的に気にかけているエリカのことをアイリスが邪魔に感じているのは、疑いようがない。

「ご忠告に感謝します。……兄と、よく話し合おうと思います」

エリカが信じるべきはダリルの言葉だ。アイリスだけではなく、声に出すことで自分に言い聞かせる。

「ええ、そうなさってください。わたくしはこれで」

綺麗なお辞儀をして、アイリスは去っていった。

アイリスと別れると、入れ替わるようにダリルが姿を見せた。マジックアイテムを身につけているから、彼がエリカを探そうと思えば、簡単に場所を把握できるのだ。

「ずっと外にいるのはよくない」

「ごめんなさい。ダンスを踊ったら疲れてしまって、涼しいところにいたかったんです」

ここで異世界に帰る方法についてたずねるべきか迷ったが、エリカはどうしても聞けなかった。

もし方法を知っていて隠していると彼が認めたら、冷静ではいられない。答えを知りたくないのだ。

「無事ならばいい。……なんだか顔色が悪いな」

ダリルが指先でエリカの頬に触れた。

「暗いからそう見えるだけですよ。大丈夫、それよりダンスがしたいです。……約束したでしょう？」

自分以外にもダリルを愛する人が現れるかもしれないこと、それからアイリスから聞いた元の世界に戻る方法のこと――エリカはそれらから目を背けたかった。

今からでも本来の予定に添って行動すれば、すべてを忘れられる気がした。

「だが」

「ダリルと踊りたいです」

エリカは、人前では気恥ずかしくて彼を「お兄様」と呼んでいる。けれど今は「ダリル」を求めていた。いつものように、エリカに対する独占欲を剝き出しにしてくれないと不安で仕方がない。

どうして、ドレスのしみを言い訳にして、ファーストダンスを断ろうとしたエリカを援護してくれなかったのか。

どうして、トレヴァーと手を繋いだとわかっているのに、以前のように手袋を燃やしてくれないのか。

どうして、元の世界に帰る方法がないと言ったのだろうか。


すべてをなかったことにしたくて、強引に彼の手を取り、会場の中央に行こうとしたのだが——。

「指先が震えているじゃないか。だめだ、エリカ……今夜はもう帰ろう。妃候補としての義務は果たしたはずだ」

ダリルは動こうとしてくれない。それどころか引き寄せて、抱き上げようとした。

「でも、ダリルと舞踏会を楽しまないと」

「わがままを言ってはいけない。舞踏会よりもエリカの体調のほうが大切だ。……ほら、抱えてやるから摑まっていろ」

顔色が悪いのは気持ち的な問題で、考えたくないからダンスがしたかったのに、ダリルは強引にエリカを持ち上げてしまう。暴れたら悪目立ちするから、エリカは目を伏せて彼に運ばれるしかなかった。

いつもなら彼に抱きかかえられると、甘えが許される特別な関係なのだと実感してくすぐったい気持ちになる。けれど今夜のエリカは違っていた。

ダリルのぬくもりを感じながら、ずっともやもやとした感情を抱き、それが増すばかりだった。

すぐに馬車で屋敷へ戻る。馬車を降りてからは自分で歩こうとしたのに、ダリルはそれを許さず、結局私室までエリカを離さなかった。

ゆっくりとソファに下ろされると、クロコが小さな足を精一杯に動かして駆け寄ってきた。そのままぴょん、とエリカの胸に飛び込んでくる。

するとダリルが訝しげな顔をした。

「そんなに具合が悪いのか……？」

エリカは今、負の感情に支配されているのだ。どれだけ落ち着こうと必死になっても、原因であるダリルが隣にいてはどうにもならなかった。

「ダリル、私は——」

「すぐに医者を呼ぼう」

踵を返し医者を呼びに行こうとするダリルの腕を、エリカはギュッと掴んだ。

「違います、私……病気じゃなくて……」

「ではどうしたというのだ？　原因に心当たりがあるのなら、話してくれないとなにもしてやれない。ここのところ、ずっと調子が悪いみたいだ」

きっかけは、図書館でオーレリアと出会った日だった。それから毎日のように油断するとクロコが反応するほどの負の感情を抱くようになった。

　この先への不安や嫉妬だけではない。おそらく独占欲のような感情もドロドロしていてクロコに察知されてしまう。

　腹痛や寝不足のせいにしてごまかすにしても、限度があった。

「ダリル、やっぱりクロコの魔法を解いてください。……お願い」

　この魔法をかけられたとき、エリカには彼に感情を知られてしまうことにそれほど抵抗がなかった。きっと世間知らずで愚かだったのだ。

「なにを馬鹿なことを。それでは君を守れないじゃないか」

「だって、私の考えていることが伝わってしまうのはもう嫌なんです」

「なぜだ？　エリカの嫌なものはすべて私が排除するんだから遠慮なく言えばいい。私に隠し事など必要ないはずだ」

「……子供じゃない」

　ボソリと本音がこぼれた。

「今、なんて……」

「もう子供じゃないんです！　いくらダリルにでも話したくないことだってたくさんあるの！　私がどんなときに嫌な感情を抱くのかなんて自分で向き合うべきですから、ダリルには教えない！」

　嫌な感情ばかりが溢れ出してくる。ダリルを好きな気持ちは少しも損なわれていない。

むしろ、どんどん深くなって戻れないところに来てしまった。愛は一歩間違えば狂気なのだと思い知らされる。

「私に話せない……こと、だと……」

「そうです！　ダリルにだってそれくらいあるでしょう？　私に、秘密にしている気持ちがあるでしょう？」

「それは……」

「ほら、即答できないじゃないですか」

元の世界に帰る方法を隠しているかたずねたわけではないのに、なんとなく疑念が膨らんでいった。ダリルはエリカになにか後ろ暗い感情を隠しているのかもしれなかった。

「……わかった。負の感情に反応する魔法を解く。それでいいか？」

エリカは涙をポロポロとこぼしながら頷く。

彼が理解を示してくれたことで、また傷つくのだから救いようがない。

ダリルはエリカに抱かれているクロコの額をツンと指で弾いた。闇の魔力は周囲に放出されていく。それからエリカの前髪をそっとどけてそこに唇を落とす。

頭の中でなにかが弾けたような感覚がした。エリカにかけられていた負の感情を読み取る魔法が解かれたのだ。

「すまなかった。……今はゆっくり休んでくれ」

ダリルは傷ついた顔をしていた。すぐにエリカに背を向けて歩き出す。エリカは今、言ってはいけない言葉を口にしたのではないだろうか。このままでは関係が壊れてしまう気がして、手を伸ばした。

けれどその手はなにかを摑むことはなく、虚しく下ろされた。

ダリルはエリカの私室から出て扉を閉めるまで、一度も振り返らなかった。

エリカはメイドに頼んでドレスを脱がせてもらってから、一人になった。

化粧を落とし、髪を解いて、身を清める。シャワーを浴びているうちに涙が止まらなくなって早々に浴室から出た。

バスローブを羽織り、髪すら乾いていない状態でベッドの上で丸まった。心配してそばに来てくれたクロコを抱きしめ、そのまま寝てしまうつもりだった。

ダリルと険悪になったのは、これがはじめてだった。おそらく対等な関係ではなく、一方的に保護している者とされている者だったから、言い争いすら起きなかったのだ。

ダリルはエリカが望めばなんでも叶えてくれる人だったし、エリカも彼の言うことならば大抵受け入れていた。エリカもダリルを困らせるような言動は慎んできたつもりだ。

急に変わってしまった原因はわかっていた。

エリカが広い世界を見たことがきっかけだ。以前の関係に戻りたくても、変わってしまったエリカは戻れない。もう手遅れなのかもしれない。

しばらくすると扉がノックされた。

「エリカちゃん、入ってもいいかしら？」

グロリアが様子を見に来てくれたのだ。エリカは許可を出し、急いで立ち上がって出迎えた。

グロリアはティーセットの載ったトレイを持っていた。

「お母様、あの……」

グロリアはトレイをローテーブルに置くと、てきぱきとお茶の用意をはじめた。

お湯を注ぐと、ほんのり甘く、すっきりとした香りが漂う。紅茶ではなくハーブティーをいれてくれたのだとわかる。

「どうぞ、エリカちゃん」

真っ白なカップに注がれたお茶の色は淡い黄色だった。

「いただきます」

カップを口元へ運ぶと、よりいっそう優しい香りが感じられる。温かい湯気のおかげで少しだけエリカの心は落ち着いた。

「こんなに泣いたら、顔が腫れてしまうわ」

グロリアはなにがあったのかを聞かない。それでいて突き放しもしない。

その距離感が心地よくて、エリカはだんだんと、彼女に今日の出来事を聞いてほしいと思いはじめる。

「お母様、ちょっとだけお話をしてもいいですか？」

ハーブティーを一杯飲干してから、エリカはグロリアにたずねた。

「ええ、もちろんよ。言いたいことだけでいいから聞かせてちょうだい」

エリカは頷いた。元の世界に戻る方法に関連している話題はまだ話せそうになかった。

まずはダリルにたずねるべきであったたし、元の世界への思いは、オブシディアン公爵家の大切な家族を蔑ろにしているようで簡単には口にできない。

エリカは『選妃』になってから自分の心がどんどんと変わっている認識があって、それを誰かに話したかった。

「さっき、ダリルの魔法を拒絶してしまったんです。私の負の感情を読み取って、困ったことがあれば助けてくれる魔法です」

「いつの間にそんな魔法を……！　知っていたら止めていたわよ」

グロリアは眉をひそめた。一般的には好ましくない魔法の使い方なのだろう。エリカは今までそんなことにすら気づけなかった。さらけ出すことが信頼だと考えていたのかもしれない。

「最初は拒もうなんて思わなかったんです。……嫌なことや恐ろしいことが起こったら、ダリルが守ってくれるのなら頼もしいって。ダリルに隠したいことなんて一つもないって。……でも、そうじゃなかった。知られたくない感情にも反応しました」

「どんな思いに反応したのかしら?」

「最初はダリルと魔法研究員のオーレリアさんが楽しそうにお話ししていたときでした。……取られちゃうかもしれないって思って、そしたら胸が苦しくなったんです」

あの二人が笑い合って、真剣に議論をしている様子を思い出すだけで、また醜い欲望に囚われそうになる。

「そう。……ダリルが本当に好きなのね」

「好きです。でも、もし闇公爵家を悪く言わない人が増えたら、私は……ダリルの特別じゃなくなってしまうって……だって力はないし、特技もなくて、ダリルにふさわしくないんです」

エリカの左薬指にはダリルからもらった指輪が光っている。これは将来ダリルの伴侶になるという約束がまだ有効であるという証だ。

この国には左手の薬指に特別な指輪をするという風習がないから、『選妃』が行われている中でもつけたままにしていた。

エリカは右手で指輪に触れながら、話を続けた。

「誰かを好きになると、心がどんどん汚れていくような気がします。……こんな感情、ダリルに知られたくない。きっと嫌われてしまいます……そうしたら私、どうしたらいいのかわからない……」

エリカは自分が嫌いになりそうだった。

ダリルにいいところばかりを見せたいのなら、善良な人間になればいいのに、そうはなれなくて。焦れば焦るほど心が醜くなってしまう。

涙が溢れてくると、どこからかクロコが現れて顔をペロペロと舐めた。

「エリカちゃんも大人になったのね。ただそれだけよ」

「大人に……。そう、かもしれません」

「わたくしから言えるのは一つだけ。……オブシディアン公爵家の人間は恋愛が下手なの。あなたも立派な闇公爵家の一員ね」

真っ赤な唇が弧を描く。グロリアは結局、こうしたほうがいいという助言をしなかった。

それがきっと彼女の強さで優しさだ。悩んで自分で結論を出すことを放棄してはだめだと励まされている気がした。そしてダリルとの関係がどうであれ、エリカがオブシディアン公爵家の娘であることは変わらないと教えてくれている。

「お母様はお父様と喧嘩をしたことはありますか?」

「もちろんよ。……結婚前には屋敷が半壊する大げんかをしたわ。そこから学んで、夫婦喧嘩では風と火の魔法は使わない協定を結んでいるのよ」

グロリアのことだから、比喩ではなく本当に魔法で屋敷を吹き飛ばしたに違いない。

きっとグロリアとジェームズに比べたら、エリカとダリルの諍いなど可愛いものだろう。

エリカはその日、眠くなるまで両親の昔話をたくさん聞いて過ごした。

翌日、エリカは朝食前にダリルの部屋を訪ねた。彼の部屋は本の香りがする。仕事でも趣味でもマジックアイテムを作っているため、技術書を大量に持っているせいだ。

ノックをしてから名乗ると、入室の許可が出る。部屋に入ると、ダリルは出窓に腰を下ろし、パッとエリカから視線を逸らした。

グロリアと話をしたおかげで、直前まではちょっとしたすれ違いなど誰でも経験するものだという気分になっていた。けれど実際にダリルを目の前にすると、ぎこちない態度を取ってしまう。

「おはようございます。……あの、昨日はごめんなさい！」

扉を閉めてから姿勢を正し、エリカは勢いよく謝った。

「君は当然の主張をしただけだ。謝るべきは私のほうだ」

まだ怒っているのかもしれない。もう嫌いになってしまったかもしれない。そんな想像をするだけで、泣きたくなり、足が震えてしまう。

けれどエリカは自分を鼓舞し、彼のすぐそばまで歩みを進めた。

「ダリル、私は」

大好きだからこそ、感情を知られたくないという今の状況を、どうやって説明すればいいのかまだ答えは出ていなかった。

「……エリカ。おいで」

「はい」

手を伸ばせば届く位置まできているのに、もっと近くに来てほしいと彼は言った。もう一歩近づくと、ダリルはそっとエリカの手を取った。

「不安にさせてすまなかった。キスをしてもいいか？」

エリカは同意の意味でそっと目をつむった。唇が落とされたのは、薬指で光っている金色の指輪のあたりだった。

「この指輪。……頼むからはずさないでくれ」

そんなあたりまえのことを願うダリルの心がエリカにはよくわからなかった。ただ、エリカのほうこそ、まだ指輪をしたままでいいと許されたことに安堵したのだった。

第五章　異世界に繋がる光

仲直りはできたものの、エリカとダリルの関係は以前と同じには戻らなかった。

それまで二人の絆は絶対的なものであり、命ある限り綻ぶことがないと考えていた。

しかし一度ぎくしゃくしてしまうと、そんな絆はなかったのだと思い知らされた。

今までは髪の色やオブシディアン家の事情で互いの存在が特別だっただけだ。

これからは、エリカ自身がダリルの特別であり続けるための努力をする必要がある。わかっているのに、どうすればもっとダリルに愛してもらえるのか、答えは出ていなかった。

オブシディアン公爵家の人間は恋愛が下手、というグロリアの言葉のとおりだった。

ダリルの様子も以前とは違っている。抱きしめたりキスをしたりという軽い触れ合いはしてくれるのに、身体を繋げるための準備と称して行っていた淫らな行為は一切しなくなった。トレヴァーに対し、敵意を剝き出しにして牽制することもなく、理想的な兄として振る舞ってくれる。

エリカはそれに反発し、人前でも「お兄様」ではなく「ダリル」と呼ぶようにしてみたのだが、彼にはその意図が伝わっていないようだった。

そして『選妃』がはじまってから二ヶ月が経過し、残す期間は一ヶ月となった。

候補者たちはそれぞれ一回ずつ、トレヴァーと二人だけで過ごす機会が与えられる。今日は三人目の令嬢がトレヴァーと乗馬デートをする日だった。

それ以外の候補者は侯爵夫人から出された刺繍の課題に取り組んでいた。

「最近、黒猫さんはお留守番なのかしら？」

テーブルを挟んで向かいに座っていたアイリスが問いかける。彼女はあれから元の世界へ帰る方法については語っていない。

もうエリカを陥れるのは無理だと悟ったのか、以前よりも友好的になっていた。

「ええ。クロコがいなくても、オブシディアン公爵家の庇護下にある私が誰かに傷つけられる心配はないはずですから」

最初から、『反射』を含めて様々なマジックアイテムを持っているエリカの命を奪える者などいない。注意すべきは、肖像画破損事件のときのように誰かに嵌められて、なんらかの罪を着せられることだろう。

けれど、手の込んだ仕掛けでエリカを陥れようとした事例があるから、事件が起こったとしたら必ずえん罪の可能性が調査される。それに舞踏会でアイリスが取ったような同情を買う作戦も、トレヴァーには通用しないし逆効果だ。

ダリルがクロコの同行なしでの登城を許したのは、トレヴァーの対応を信用している部分もあるのだろう。

候補者たちも、誰かを追い落とそうとするよりも自分のよさをアピールするほうが重要だと気づいたらしい。だから舞踏会の日以降、エリカは『選妃』で嫌な目に遭うことがなくなった。

「エリカ様、トレヴァー殿下とのお出かけはどうなさるおつもりなのかしら？」

「孤児院を訪問する予定です」

まだトレヴァーと一緒に出かけていないのは、アイリスとエリカだけだ。休暇やトレヴァーの公務を挟み、三日後がアイリス、五日後がエリカの番だった。

「慈善活動を評価されての候補者入りでしたものね」

「ええ、そのようです。アイリス様はどちらへ？」

「わたくしは植物園です。温室にとてもめずらしい花が咲いているので一緒にスケッチなどをしながら、将来について語らうつもりですわ」

アイリスはトレヴァーと過ごす時間がよほど楽しみなのだろう。ほんのりと頬を赤く染めて、うっとりとしている。

妃の座を射止めたい令嬢たちは、ただ王子様とのデートを楽しむだけでいいとは考えていないはずだ。

それぞれ特技を披露し、トレヴァーに興味を持ってもらう重要な機会にしたいのだろう。

アイリスが植物園を選んだのは納得だ。

（漫画の世界でもアイリス様は植物園だったわ……。でも、私は……）

現実と漫画では、アイリスの設定がかなり違っている。漫画では伯爵家で冷遇されていたアイリスが一人で通っていた場所が植物園で、トレヴァーと出会うのもそこだ。現実のアイリスは冷遇などされておらず、最初から有力な妃候補である。そしてトレヴァーとは社交界で何度も顔を合わせていたようだった。

エリカは孤児院訪問を選んだが、これも漫画とは変えている。

漫画の世界でのエリカは、この時期、魔力を持っていないという秘密をアイリスに知られてしまい焦っている状況だ。

デートで訪れる場所は、アイリスが希望すると予想できたはずの植物園だった。しかもどうしてもアイリスより先に行きたいとわがままを言って、それを押し通すのだ。

割り込みするかたちとなった植物園のデートで、エリカとトレヴァーは温室の中を散策する。そこにはヒロインの名前と同じアイリスの花が咲いていた。

トレヴァーがそれを嬉しそうに眺めているのを見て、エリカは醜い嫉妬をする。

そして兄に頼み、植物園に咲くその花に呪いをかけるのだ。

後日、アイリスの番となりトレヴァーが花に触れると、彼はアイリスとの出会いの思い出を忘れてしまう。

思い出を忘れると、彼女を想う気持ちも根拠を失う。トレヴァーはなぜアイリスを『選妃』の候補にしたのかもわからなくなり、彼女を冷遇するようになってしまうのだ。

（このときの漫画の中のエリカが本当に狡猾だったのよね……）

何度読んでもせつなく、悪役が許せなかったのをエリカは覚えている。もちろん最終的にトレヴァーは愛の力で記憶を取り戻し、闇公爵兄妹は滅びることになる。

闇公爵家の二人が炎に包まれ終焉を迎える場所も植物園の温室だ。とにかくエリカにとって植物園は鬼門だった。

（せっかく二人きりで話せるのだから、私はけじめをつけよう）

エリカはトレヴァーと二人きりになるこの機会に、自分の気持ちを彼にはっきり伝えるつもりだった。

トレヴァーは『選妃』の期間でもっと自分を知ってほしいと言っていた。

エリカはおそらく彼に人として好意を抱いている。将来、間違いなく立派な国王となる素晴らしい人だと感じていた。それでも、ダリルに対する想いとは別だとはっきり認識できていた。

独り占めしたい、自分だけを見てほしい、抱きしめてほしい――決して綺麗とは言えないくるおしい欲望を抱くのはたった一人の男性に対してだけだった。

まずはトレヴァーとの関係にけじめをつけて、それからもう一度ダリルに本当の気持ちを言うつもりだった。

「よし、いいかんじにできました！」

考え事をしながら針を刺していくと、黒猫の刺繍が完成した。ハンカチの四隅にそれぞれ闇公爵家で飼っているペットのモチーフを入れるつもりで、まずは一つ目だ。

「エリカ様の猫……頭が大きくて不格好なのに可愛いですわね」

隣に座っていた令嬢が猫の刺繍をまじまじと見つめながらそう言った。高貴な女性のたしなみである刺繍は、できるだけ写実的なフォルムにするのが美しいとされている。

例えば、器用なアイリスは陰影や立体感のある花のモチーフの大作に取り組んでいる。

初心者のエリカにそれは難しく、日本の女子中高生が好きそうなデフォルメしたキャラクターを自分で描いて、それを下絵にした。

「可愛いでしょう？　私の生まれた世界では、こういうふうに単純な線で丸く、目を大きく描くのが流行っていたんです」

「ギョロッとしている目が落ちそうですし、その頭を小さな胴体で支えられるのか不安になりますが、不思議な魅力がありますわね」

隣の令嬢と盛り上がっていると、アイリスともう一人の令嬢も刺繍の見える位置まで移動してきて覗き込む。

「これが異世界の方の絵。……興味深いですわ」

写実的な絵が得意なアイリスだが、意外なことにエリカの猫を馬鹿にしなかった。

それから令嬢たちが異世界での芸術や文化について聞きたがったので、エリカは覚えていることを彼女たちに話した。

課題そっちのけでおしゃべりに勤しむ妃候補たちの行動にしびれを切らした侯爵夫人にたしなめられるまで、しばらく和気あいあいとした雰囲気だった。

夕方になり、ダリルと一緒に屋敷へ戻るとクロコが出迎えてくれた。

「あれ⁉　クロコ、お外に出かけていたの？」

いつものように胸に飛び込んできたクロコを抱きとめると、柔らかい毛に小さな葉がたくさんついているのに気がついた。エリカはそれを払ってやったのだが、一部は絡んでいてうまく取れない。

「ダリル、魔法生物ってお散歩もするんですね……。今まであんまりお外に出してあげていませんでした」

「一応、知能があるからな。クロコも成長しているんだ」

「そうなんだ……。じゃあ、お部屋でブラッシングをしましょう」

魔法生物ゆえに抜け毛とは無縁のクロコだが、ブラッシングは好きらしい。催促するようにゴロゴロと喉を鳴らし、甘えている。

エリカは部屋に連れていき、晩餐までの時間、愛猫の世話をして過ごした。

五日後。エリカはトレヴァーと一緒に孤児院へ向かった。エリカはいつものように正体を隠さず闇公爵家の令嬢として堂々と訪れるつもりだった。一方でトレヴァーは、眼鏡をかけた地味な青年トレイシーの姿に変装している。

普段より質素な馬車に乗り郊外へ出る。窓の外には併走するように大きな翼を持つ鳥が空を舞っている。オブシディアン公爵家からの支援物資を載せた大鷲だ。

馬車に食糧などを積むことはできたのだが、大鷲は子供たちに人気があるため、同行させたのだった。

三ヶ月に一度の頻度で通っているので、孤児たちもエリカの黒髪にはもう慣れている。

エリカたちが到着すると、彼らは大きな声で挨拶をしてから横をすり抜けて、大鷲の元へ向かった。

大鷲は荷物を降ろしやすいように姿勢を低くしてくれる。年長の男の子が中心となって、小麦などが入った麻袋を降ろし、建物の中へと運んでいく。

荷物がなくなると、十に満たない子供たちが大鷲に乗ったり、顎の下を撫でたりして遊んでいた。大鷲は面倒くさそうにしているが、小さな子が落ちないように気をつけているようだ。

「あの大鷲って、意外と面倒見がいいんだね」

トレヴァーが感心している。オブシディアン公爵家で飼っている黒馬も大鷲も過去、厄災によって生み出された生物である。害獣として駆除されてもおかしくない存在だ。

ダリルは過去に厄災を起こした者の子孫の責任で、彼らの駆除をすることがあるが、知能が高く人に害をなさない動物までは殺さない。実際、黒馬も大鷲もかなり賢く、攻撃されない限り誰かを傷つけることはない。

「私もこの世界に来たばかりの頃、よく遊んでもらいました」

「エリカ殿がこの世界に迷い込んだのは十四歳だと記憶しているが？」

その年齢の令嬢が大鷲に乗って遊ぶというのがトレヴァーには信じられないのだろう。

「アズライト王国の令嬢ならありえないのかもしれませんね」

「結構お転婆だったたんだな」

他愛もない会話をしていると、女の子がエリカの袖を引っ張った。

「お姉ちゃん、折り紙」

そう言って、鶴を一つ手渡してくれる。

「ありがとう。上手になったね」

エリカが以前教えた折り紙は、子供の入れ替えがあっても習った子から下の子へ継承されていて健在だ。熱心な子は自分なりの折り方を研究していて、エリカの知らない動物のかたちを作る子もいる。

そのまま二時間ほど子供たちと遊んで過ごし、孤児院への訪問は無事に終わった。

帰りの馬車の中で頃合いを見計らい、エリカはトレヴァーに自分の気持ちを伝えるつもりだった。

「この二年ほどのあいだで、孤児院の雰囲気は随分と変わりましたよね。王家の方が動いたのだとダリルはわかっていたようですけれど、あれって殿下のご指示だったたんですね」

孤児院でトレヴァーに会ってからしばらくして、院長の交代があった。新しい院長は善良な老人だ。予算はきちんと子供たちの生活や将来職を得るための勉学のために使われていて、孤児院の環境は以前よりもかなりよくなっている。

エリカたちはこの孤児院以外にもいくつかの施設に寄付を行っているのだが、運営側が不正をできない監査が入るようになって、寄付に手をつけて私腹を肥やす大人はいなくなった。

「まぁ、ね。ダリル殿に指摘されなければ気づけないのだから情けない」

孤児院で出会ったあの頃、ダリルは二十二歳、トレヴァーは十八歳だった。

十代のうちはわずかな年齢の差の影響が大きい。

トレヴァーが当時のダリルに勝てなかったとしても、それは当然のことだとエリカは思う。けれど、そんななぐさめはきっと求めていないだろうとわかっていた。

「殿下は慈善活動だけではなく、いくつも功績を上げていらっしゃいます」

「そうかな。エリカ殿から見て、私はダリル殿に追いつけただろうか？」

トレヴァーが急に真面目な顔になる。たぶん、人としての優劣を比較しろと言っているわけではないのだろう。

なんと伝えればいいのか迷ったエリカは、金の指輪に触れ、懸命に考えながら気持ちを口にしていった。

「兄……ダリルは……、敵には容赦をしない苛烈な性格です。頭はいいのかもしれませんが興味のないことに力を使おうとはしません。私を大切にしてくれますが……たぶん、歪んでいて間違った愛情なのかもしれません」

愛が歪んでいるのはきっとエリカも同じだ。どれだけ広い世界を知っても、ダリルだけが特別だと再認識するだけだった。

「……確認したいのだが、その指輪はダリル殿から贈られたものだろうか？」

「はい。私の生まれた世界では婚約や結婚の記念に指輪を贈る風習があるんです。左の薬指は、特別な相手からもらった指輪をつける場所なんです」

「そうだろうね。不安になると君はすぐその指輪に触れる癖があるみたいだ」

「触れていると安心するんです」

今も、この指輪はエリカの心の平穏を保つのに必要だった。

「ダリル殿への想いは変わらなかった？　……ほんの少しも私が入り込む余地なんてなかったのだろうか」

「ごめんなさい。トレヴァー殿下。私の中にあるダリルを好きな気持ちが損なわれることはないと思います」

想いはどんどん変化する。最初は助けてくれた恩人で、すぐに家族として好きになった。

そして今のエリカは、ダリルを一人の男性として愛している。

トレヴァーやオーレリアのように、この国では忌み嫌われている黒髪でも、差別することなく接してくれる人がいるのだと今の彼女は知っている。

それでもエリカの特別はダリルだった。

「わかっていたんだ……。私のわがままに付き合ってくれてありがとう」

「こちらこそ、いつか手を取り合う日が来るかもしれないと言ってくださって、本当に闇公爵家のために働きかけをしてくださった殿下に感謝しています」

トレヴァーはただ個人的にエリカに好意を抱いていたから妃候補にしたのではないはずだ。長いアズライト王国の歴史の中で、それまでの慣例を破って闇公爵家の人間を妃候補にしたのは、王族がオブシディアン公爵家を厄災の一族ではなく、国の守護者だと認める意図があったに違いない。

国王夫妻や家臣に根回しをするのは大変だったはずだ。

「正直な告白をすると、私はただ君が好きというだけじゃなく、きっと君とダリル殿の関係に憧れていたんだ」

「憧れて……？」

それはエリカにとって意外な言葉だった。

トレヴァーは容姿端麗で頭もよく、心優しい理想の王子様だ。常に皆から羨望のまなざしを向けられる立場であり、その逆はありえない。

「驚いたんだ。親しくはなかったけれど城で見かけるダリル殿と、エリカ殿の隣にいるときの彼は違っていたから。君はきっと彼を変えたんだと思う」

「もし、そうだとしたら私が過去の出来事を知らないからです。小さな頃からあれは悪だと教えられていたら、そうはならなかったはずです」

「それでも私は、……ダリル殿がうらやましかった。王子としての私ではない部分を誰かに認めてもらいたかったのかもしれない」

民から嫌われている闇公爵のダリルと、民から慕われている第一王子トレヴァー。真逆のようでいて、誰も肩書きなしのただの人間として接する者がいないという点では似ていたのだ。

エリカがダリルに対し、先入観を持たずに接する理由はこの世界についてなにも知らなかった迷い人だったことが影響している。

エリカは、トレヴァーが望んでいたものがなにかわかった気がした。

「エリカ殿……、なぜオブシディアン公爵家が忌み嫌われているのに大貴族なのかは知っているだろうか？」

「それは、王家と一緒に厄災を打ち払った功績で……」

「そう。最初はそうだった。……あまり知られていないけれど、厄災直後の公爵家は王家と並んで英雄だったんだ」

「そんなはず……」

そんなはずはないと言いかけて、エリカは途中でやめた。歴史書には功績によって公爵位を授与されたことや、その後も負の遺産である凶悪な獣を狩ったという記録だけが残されているからだ。

王家が最初からオブシディアン公爵家を疎ましく思っていたのなら、爵位を授けるはずもない。

だったら、いつから闇公爵家は忌み嫌われるようになったというのだろう。

「オブシディアン公爵家が疎まれるようになったのは、それから三世代あとだ。当時の国王が、民を束ねるための敵を欲し、厄災をもたらした者と今の公爵家を同一視するように扇動したんだ」

「そんな……」

この国の中にはびこる闇公爵家への悪意は、権力者の都合で生み出されたものだと彼は言っているのだ。

「かつて共闘した同志が平和な世界では疎ましくなる。……歴史ではよくあることだ。だが、人の心が移ろうものならいい方向に変わることもできる。私だって、孤児院で君たちに出会うまで、公爵家の扱いを疑問に思うことすらなかった」

それだけ言って、トレヴァーはエリカから視線を逸らし窓の外を眺めた。

馬車はいつの間にか賑わう都の大通りを走っていた。この道をまっすぐ進めばすぐに城へとたどり着く。

馬車がたどり着くと、トレヴァーは最後にこう言った。

「いつか手を取り合う日——その言葉は、君が妃にならなくても有効だと思っている。これからもよろしく頼む、エリカ殿」

エリカは淑女の礼をして彼に精一杯の感謝を伝えてから、その場を離れた。

そのまま屋敷へ帰ってもよかったのだが、エリカは城でダリルの仕事が終わるのを待つことにした。まだ定刻までは二時間ほどある。通い慣れた図書館で暇を潰そうと足を向けると、途中でオーレリアと出会う。

「エリカさん」

勢いよく手を振って、オーレリアが近づいてくる。

ダリルが奪われてしまう気がして、エリカが一方的に警戒してしまっているが、オーレリアは闇公爵家の者を差別しない貴重な人だった。

彼女にはなんの罪もないのだから避けるのは卑怯だ。

「こんにちは、オーレリアさん」

「こんにちは。図書館へ行かれるのですか？」

「はい、今日の予定はもう終わったので暇つぶしに」

自然と、二人並んで歩き出す。図書館で入館証を提示し、一旦離れ、それぞれ本を選んだ。エリカは魔法生物についての本を借りて、以前も座ったテラス席へ向かった。

椅子に腰を下ろしてしばらくすると、オーレリアが隣にやってきた。

彼女が抱えていたのは難しそうな魔法に関する本だった。けれどページは開かず、雑談がはじまった。

「エリカさんは『選妃』の有力な候補なんですよね？」

有力と見なされているのは、舞踏会でエリカがファーストダンスの相手に選ばれたから。

そして、闇公爵家の養女があえて候補となったのにはなにか深い事情があると、多くの貴族たちが憶測を抱いているからだろう。

「候補の一人ですけれど、私自身は妃になる気はないんです。トレヴァー殿下もそれをご存じで、私の意思を尊重してくださるとおっしゃっていますし。私には……その……好きな方がいて……」

エリカはオーレリアに対し、一方的に劣等感を抱いている。魔法研究というダリルが好む共通の話題で議論ができる彼女のほうが、彼にふさわしいに違いないのだ。

おそらくオーレリアは、ダリルに特別な好意を抱いている。以前、図書館で会ったときにはただの尊敬だけかもしれないと思っていたのだが、舞踏会のときのオーレリアの横顔は恋をしている女性の顔だった。

「そうなんですか⁉」

「ええ。……それで、私の好きな人っていうのは……ですね。……ダ……」

途中から言葉が尻つぼみになる。

ダリルが指輪をはずさなくていいと言っている限り、エリカと彼はまだ恋人同士だ。もし彼がほかの誰かを選ぶ日が来たとして、エリカの心が受け入れられるとは到底思えなかった。それでも、ダリルを不幸にはしたくないので、きっと邪魔はしないはずだ。

オーレリアが本気でダリルを想ってくれる人ならば、正面から気持ちをぶつけて闘うべきだ。

「好きな人って？」

　エリカは堂々とライバル宣言をするつもりだった。

「ダリルなんです！　私は養女なので血は繋がっていないから……それで」

「そうだったんですか。仲良しだなとは思っていたんですよ」

　あっけらかんとしたオーレリアの反応は、エリカにとって意外だった。彼女もダリルを好いているのなら、もう少し動揺するはずだと予想していたからだ。

「オーレリアさんは、その……ダリルのことを特別に感じているのではないんですか？」

　恋する女性の顔だと感じたあの横顔はなんだったのだろうか。エリカはただ戸惑っていた。

「特別……？　魔法研究者としては特別です。神のような存在で、憧れていますよ」

「じゃあ、ダリルのこと……好きじゃないんですか？」

「研究者として大好きですよ。ですが、エリカ様のおっしゃりたいのが異性に対する興味だとすれば、……それはないというかんじです」

　到底、エリカに遠慮をして嘘を言っているとは思えないほどきっぱりと言い切った。

「だって、舞踏会の日に二人きりでお話をされていたじゃないですか」

　エリカはあの日、ダリルを大切に想う女性が自分だけではないとはっきり悟ったはずだった。

「舞踏会？　あれ、おかしいですね……。確かに閣下ともお話をしましたけれど、……その日は婚約者とずっと一緒でした」

　オーレリアはローブの中を漁り、ペンダントを取り出し、エリカに見せてくれた。小さなつまみを押すと蓋が開くロケットだった。

「婚約されていたんですか？」

　ロケットの中には、この世界で写真に相当するものが収められている。その人物はほっそりとしていてほがらかな印象の青年だった。

　エリカは記憶をたどり、あの舞踏会でダリルとオーレリアが一緒にいた場面を思い出そうとした。そこに青年もいたのだろうか。あのときは二人のことばかりが気になって冷静さを欠いていたのだろう。舞踏会だから、人がたくさんいたのは確かだ。オーレリアの隣に誰かいたと断言されるとそうだった気もするが、エリカにはよくわからない。

「そういえば、舞踏会の日、閣下から指輪のお話をうかがいました。異世界では、婚約や結婚の記念に指輪を贈るのだとか。……私の婚約者も今度贈ってくれるみたいです」

　ポッ、と頬が赤く染まる。そのうっとりとした表情が、あの日の彼女に重なって見えた。

　舞踏会でチラリと聞こえた会話は「金属の融点」だったはず。まさかそれが指輪の話だなどと、誰が考えるのだろう。

「そうだったんですね……。私、勝手に空回りして馬鹿みたい」

「空回り？」

　オーレリアがきょとんと首を傾げた。

「い、いえ……。ダリルがほかの女性と話をしていると、すぐに不安になってしまって……私って、魔力も特技もないから。優れている者が愛されるわけじゃないってわかっているのにおかしいですよね」

恥ずかしい告白をしたことで、エリカの顔は真っ赤になった。

「エリカさんって、すごく可愛い人なんですね！」

オーレリアがからかうせいで、エリカはいつまでも羞恥心から解放されないままだった。

図書館を出てすぐオーレリアと別れる。普段『選妃』の候補者たちが集まっている建物に戻ろうとしたところでアイリスの姿を見つけた。

「エリカ様！　お戻りになっているはずなのにいらっしゃらないから、お捜ししておりましたの」

アイリスはかなり焦っている様子だった。彼女が自分を捜す理由がわからず、エリカは首を傾げる。

「アイリス様？　どうなさったんですか⁉　なんだか顔色が悪いです」

突然、アイリスがエリカの両手をギュッと握った。真剣なまなざしだった。

「それが、異世界に渡る方法についてホワイトパール伯爵家に残る文献を再調査したら……大変なことがわかったんです」

「ええ、直接見ていただかないと説明が難しいかもしれません。……こちらへ」

そう言って、アイリスはエリカを連れていこうとする。

「でも……あと少ししたら兄が迎えにくるはずで」

以前よりも友好的になっていたが、アイリスがエリカをライバル視していることは十分にわかっている。エリカは警戒し、その場にとどまろうとした。

話を聞く必要があるのなら、ダリルと一緒のほうがいいはずだ。

「だったら余計に急ぎましょう。あなたのお兄様に邪魔される前に」

ダリルが故意に異世界に帰る方法を隠して、エリカが知識を得ることを妨害しているとアイリスはほのめかす。

「ダリルは邪魔なんてしません！」

「そうかしら？　公爵閣下が隠していることを知りたくないのは、本当はあなた自身が裏切りに気がついているからではないの？」

「そんなことありません。ダリルは、いつだって私の幸せを考えてくださる方です」

言葉では否定しながら、エリカは不安だった。ダリルが貴重な文献を閲覧するためにホワイトパール伯爵家を訪ねたという話が嘘だとは思えなかったからだ。

本当はアイリスの指摘どおり、エリカは心のどこかで疑っているのだ。ダリルが意図的に異世界に帰る方法を隠しているかもしれない。そうする必然性が、彼にはある――と。

けれど同時に疑う自分を嫌悪し、その思いを消そうとした。

「でしたら、こちらへ」

ダリルへの信頼が試されている気がした。

知ることを恐れるのは、ダリルを疑っているから。アイリスの言葉に痛いところを突かれてしまったエリカは、そのままついていくことにした。

エリカを傷つけられる者はどこにも存在しない。だから話を聞くくらいなら問題ないはずだった。

庭園を抜け、奥まった場所にガラスで覆われた建物があった。

アイリスたちが訪れたはずの植物園にある温室よりこぢんまりとしているが、手入れが行き届き美しい花が整然と並んでいる。

「こんなところに温室が？」

庭園内にはちらほらと城勤めの者が休憩をしている姿があったのに、温室の周辺にはまったく人影はなく静かだ。

「なんだか、空気が変わった気がします」

多くの花が咲き誇っているのは庭園と同じなのに、この場所の独特な雰囲気はなんだろうか。エリカはその理由がわからず、温室の中央まで進む。

そこにはテーブルや椅子を並べたらお茶会ができそうなスペースがあった。残念なことに今はなにも置かれておらず、少々殺風景なのだが。

「わかりますか？　光の魔法の影響がこの温室全体に行き渡っているんです。……『人払い』の魔法は、得意ですから」

「え……？　『人払い』……って、どういう……」

なにか不穏な言葉を聞いた気がして、エリカはアイリスのほうへ向き直った。次の瞬間、目の前が淡く輝き、一瞬目が眩んだ。

アイリスに触れようとするが透明な壁が邪魔をしてできない。エリカは目には見えない壁を叩いて、隙間を探す。けれど直径三メートルほどの円形の壁によって囲まれているという事実を理解させられただけだった。

「アイリス様！　どうして……？」

「あなたのお兄様は、光属性の魔法使いに頼めば異世界に帰れることを知っていながらずっと黙っていたのよ。せっかく得た黒髪の仲間を失いたくなかったから隠したのではなくて？　かわいそうなエリカ様……」

いつの間にか、アイリスは古そうな本を手にしていた。ページをパラパラとめくりながら笑っている。無邪気で天使みたいな笑みだった。

「ダリルの考えは、彼の口から直接聞きます！　なにも知らないアイリス様が私たち二人のことを勝手に決めないで。……ここから出してください」

自分は誰にも害されることはない。そう信じているのに、エリカは動揺していた。この場所に閉じ込められているのが、すでに予想外の事態だからだ。

「いやよ。あなた、邪魔なんですもの」

「邪魔？」

「だって、このままではわたくし、妃になれないもの。……きっとあなたが選ばれてしまう」

「私は選ばれないわ」

エリカはすでに妃になりたくないとトレヴァーに告げているし、トレヴァーもそれを了承している。もしアイリスが選ばれないとしても、それはエリカとは無関係の理由だ。

誰かを陥れ妃になろうと画策しても、きっとトレヴァーはそんな女性には惹(ひ)かれないはずだ。

ライバルを不当に追い落としても決して彼女の得にはならない。

「嘘つき。……ねぇ。わたくし、気づいたんです。エリカ様の『反射』って、すべての魔法を跳ね返すわけじゃないって。だって舞踏会でトレヴァー殿下はエリカ様に『浄化』を使ったでしょう。城内にだって、いろいろな魔法がかけられているもの」

「それは、無害だから」

真理を突かれてしまった。無害なものまで『反射』すると人は生きていけない。

だからダリルが何度も改良して、エリカの命を脅かす魔法や衝撃にのみ反応する仕組みになっていた。ファーストダンスのとき、皆が二人に注目していたから『浄化』を見ていた者も多くいる。それ以前に、アズライト城内には許可のない者が重要な区画に入らないための魔法や、不審物を持ち込ませないための魔法がいたるところにかけられている。

ダリルが管理している魔法も多いが、ほかの魔法使いがかけたものでもエリカの『反射』が発動しないことは、注意深く観察すればわかるはずだ。

エリカもダリルも、害があるかどうかを判定している『反射』の特性を隠そうとしていなかったのだ。

「最初にあなたとわたくし以外を遠ざける『人払い』がかかっているこの場所に入ってこれたことで確信いたしました。この『盾』の魔法も使えるのではないかって。この魔法、本来対象者を守るためのものですから」

「閉じ込めて、なんの意味があるんですか？　例えば温室に火を放ってもダリルの魔法が私を守ってくれるはずです。結局、私を殺すことなんてできない」

それなのに、エリカはアイリスを恐れていた。

ここまで周到な罠を仕掛けているのだから、彼女には勝算があるのだ。

（クロコを連れてきていれば……、ダリル……ごめんなさい……）

ダリルが過保護なだけだと油断して、彼の魔法の一つを解いてもらったのはエリカの意思だった。

ダリルを拒絶した罰が当たったのだろうか。

ダリルはエリカがどこにいるか、捜そうと思えばマジックアイテムを頼りに簡単に見つけられる。問題は、帰宅の時間より前の今、ダリルがエリカの居場所を確認する可能性が極めて低いことだった。

「元の世界に帰還する魔法って攻撃魔法に含まれるのかしら？　今から試してみようと思います」

　アイリスは無邪気な笑みで、残酷なことをする人だった。

　開いた本に視線を落としながら、アイリスは呪文を読み上げる。『盾』によって分けられた空間の中央が輝きはじめる。アイリスが強制的に異世界と繋がる『門』の魔法を使おうとしているのだ。

「や……やめて。私は……ダリルのそばを離れない。帰れるとしても、あの人のいない世界には行きたくない！」

　エリカは『盾』を必死に押して逃げようとするが、びくともしない。アイリスの魔法は中心からだんだんと広がり、エリカの足元まで迫っていた。

「この場所……温室……、私とダリルの最後のシーン……」

　どうして勘違いをしていたのだろうか。逃げ場を探して視線を上げた先には八角形のガラスドームがあった。

　ここは、物語の中でエリカとダリルが終焉を迎える場所だった。

ダリル・オブシディアンはいつか一人きりで死んでいく人間のはずだった。

彼の澱んだ血は、膨大な魔力を生み出したが、同時に精神も冒しているのだろう。厄災の一族だと蔑まれても怒りが湧いてこないのは、いつか自分が祖先と同じ存在になってもなんら不思議ではないという自覚があるせいだ。

ダリルは幼い頃から他者への興味が薄かった。悪意を持つ人間は蠅程度にしか感じられず、近づいてきたら排除するのにためらいはないものの、考えを改めさせようとか歩み寄ろうという努力すら面倒に感じていた。

生に執着はないが、進んで死を選ぶ理由もない。

もし国がオブシディアン公爵家を潰そうとするのであれば、反対に滅ぼしてやろうと考えるくらいに過激な思想を持っていたが、それだけだ。あえて争いを起こす気力がなかった。

王家はオブシディアン公爵家を煙たがりながらも、爵位剝奪などの行動には出てこない。本気で戦ったら、ダリル一人でも一つの国を消滅させる力がある。王家もそれに気がついているのだ。

放っておけばゆっくり滅んでいく一族に手を出すほど、王家も馬鹿ではないのだ。

ダリルはただ、自分が死ぬときに見送ってくれる者がいないことが少し残念だと感じていた。

そんなダリルの世界が一変したのは、エリカとの出会いがきっかけだった。

異世界からの迷い人であるエリカを保護できたのは奇跡だ。その日のダリルは、たまたま高官との打ち合わせのため軍の施設に出向いていた。ダリルが考案したマジックアイテムは使うくせに、感謝の欠片も示さない軍人の相手は苦痛でしかない。

王族も高官も軍人も、厄災の一族が国のために尽くすのは贖罪(しょくざい)であり、なんの見返りも必要ないと考えている部分がある。

この日も、納品予定のマジックアイテムを安価で卸せと匂わせてきた。

途中で面倒になったダリルが、脅しで魔力を放出させると、やっとまともに話し合えるというのがいつもの流れだった。

「黒髪の子供だと？」

打ち合わせのために用意された部屋の外が急に騒がしくなった。廊下で何人かの軍人が不審者について話をしているようだった。

「はい。おかしな身なりの黒髪の子供が第六地区周辺で目撃されたと」

「今すぐ捕獲し、適切に処理せねば。……なにをするかわからん。精鋭を向かわせろ」

そこまで聞いたところで、ダリルは立ち上がった。黒髪の子供という目撃情報が本当ならば、会って確かめたいと思ったのだ。

「閣下。どこへ行かれるのですか？　……まだ打ち合わせは終わっておりませんぞ」

高官が焦った様子で問いかける。

「黒髪というだけでまるで罪人扱い。私と同じ血が流れているというそれだけで罪となるのであれば、貴様らはなぜ私を捕らえようとはしない？」

高官からの返答はない。口をパクパクさせて、顔が真っ青になっていた。

そのあいだも、無礼な者たちの会話は続いていた。闇公爵が訪問中だと知らないのか、廊下にいる者たちはまるで凶悪犯に対応するように武器の携帯を話し合っていたのだ。

「か、……か、閣下にはなにか罪がおありなのでしょうか？」

わからないふりを続けているが、高官の額からは汗が滴っている。ダリルがいる場で、部下たちが堂々と闇公爵家への批判を口にしたのだからそれも当然だ。

「こちらが問いたい。黒髪の子供にどんな『処理』をするんだか」

他人への興味は薄いはずだったのに、ダリルは自分でも驚くほど黒髪の子供に会ってみたいという欲求に駆られた。

高官には罪状のないものを捕らえることが不当であるという認識があるらしい。部屋の外で叫んでいる者よりも少しだけましな思考回路をしていると言えた。

高官の制止を無視し、ダリルは廊下とのあいだにある扉を開けた。その瞬間、廊下にいた数名の軍人が腰を抜かし、そのうちの一人は失神した。

「無様な……。貴様らは運がいい。急いでいなかったら消し炭にしていたところだ」

ニヤリと笑い、ダリルは黒髪の子供が逃げ回っているという第六地区へ向かった。

ダリルがエリカを発見したとき、彼女は先行していた軍人に捕らえられ、暴行を加えられたあとだった。

理不尽な扱いの原因が闇公爵家にあると感じたダリルは、彼女に同情した。

一足遅かった自分のふがいなさを嘆きつつ、ダリルは彼女の保護を決めた。公の機関に所属する者が罪なき子供に暴行を働いたという理由で、オブシディアン公爵家は強引にエリカを養女にしたのだ。

最初は同情と贖罪のつもりだった。彼女は厄災の一族とは無関係の異世界人だ。本来なら客人として丁重に扱われたはず。そうならなかったのは、厄災の一族と髪の色が一緒だったというたった一つのくだらない理由のせいだ。

けれど一緒に生活をしていくうちに、彼女はダリルの特別になった。

(こんな視線を向けられたのははじめてだ)

エリカはダリルの容姿を恐れない。彼女の生まれた異世界には黒髪の人間が多く住む地域があり、エリカもそこで育ったからだ。

義兄となったダリルは、彼女の感覚では「すごく格好よくて綺麗」らしい。争いの少ない平和な国で育ったため、賊を排除している場面を見せると怯え泣き出してしまう。けれどダリルという「人」に対してではなく、魔法や暴力という「力」に対し怯えているだけだった。

優しく接すれば「大好き」と言われ、一瞬で人を葬り去る危険な力を見せれば「怖い」と言われる。至極当然の反応をするエリカが、ダリルには特別だった。

オブシディアン公爵家には、時折どこかの貴族が放った暗殺者が侵入することがある。ダリルは敵に一切の容赦をしない。エリカを引き取ったあとも、それは変わらなかった。

彼女は血を見ることを恐れ、返り血を浴びたダリルに怯える。

それでもダリルが望んで人を殺めているわけではないと理解してくれたし、エリカを傷つけることは絶対にないと信じてくれていた。

エリカを将来の伴侶としたいという欲望がダリルの中に芽生えるまでに時間はかからなかった。

「だが、この世界はエリカにとって生きづらいだろう……。帰してやるべきだ」

彼女とずっと一緒にいたいと願うダリルの心は、清らかさの欠片もなくドロドロとした欲望で埋め尽くされていた。

彼女のために元の世界への帰還方法を探すというのは表向きの言い訳で、実際には帰る方法がないと確認したかっただけかもしれない。

調査を進めるうちに、異世界に渡る方法は光属性の魔力を持つホワイトパール伯爵家がかつて積極的に研究していたことがわかった。気に食わない家の筆頭ではあるものの、ダリルは伯爵家当主に頭を下げ、文献を閲覧させてもらった。

「異世界への『門』……だが……」

三代前のホワイトパール伯爵家の当主は、光属性の魔法で異世界へと続く門を人工的に作り出すことに成功していた。

しかしこの研究は公表されずに終わっている。

二つの世界のあいだには空間だけではなく時間的な概念すら曲げてしまう歪みがあるという結論が下されたからだ。それを裏付ける証拠として、この世界にやってくる異世界人の文明レベルが現れた順番通りではなく、進化したり逆行したりしている事例が確認されている。

異世界に渡ると、もう一方の世界のどの時代、どの場所にたどり着くかがわからない。それではあちらの世界の知識を得てから戻ってくることができないため、無駄な技術となってしまった。

時空の歪みがあると仮定して、それを制御するのは人の力では不可能だった。

「これでは方法がないのと一緒だな」

桁外れな魔力を持っているとされているダリルがもう一度研究をやり直しても同じ結論に至った。だからダリルはエリカに対し、異世界へ帰還する方法はないと告げた。

帰れない事実を知ったエリカは、かなり落ち込んで、時々夜中に泣いたりうなされたりしていた。それでもダリルや両親と接しているうちに、だんだんと元気を取り戻していった。

エリカがこの世界にやってきて約一年。エリカは『翻訳』を使わずに会話ができるようになっただけではなく、読み書きまで日常生活に支障がないくらい上達していた。

魔力を持たない彼女はこの世界で苦労が多い。けれど決して卑屈にならず、かなり前向きで勤勉だった。ダリルは彼女のそんな部分にも好意を抱いた。

「お兄様、ありがとうございます。……大好き！」

　彼女の十五歳の誕生日に魔法生物のクロコを贈ると、彼女は黒猫を抱きしめながらはしゃいでいた。

「……大好きか。エリカは私のことが、好き……なのだな……？」

「あたりまえです。だって私の命の恩人で、格好よくて頭がよくて優しくて……いつもそばにいてくれて……」

　ダリルは当然、未熟なエリカが抱く好意と、自分が彼女に求めている好意が別ものであるると知っていた。恩人という言葉は恋愛対象ではないという証になっている気がして少々落ち込んだ。

　しばらく考えて、彼女はまだ子供だから仕方がないと己の心を納得させる。

「……そうか。その、だな……知りたいのだが、エリカの国では何歳から大人と見なされ
るのだろうか？」

　ダリルは良識のある大人のつもりでいたかった。この国の貴族の令嬢なら十六歳が大人
の仲間入りとなる年齢だ。十五歳なら、婚約者がいてもなんら不思議ではない。

　けれど一年前まで異世界で暮らしていたのだから、できるだけ彼女の常識に合わせてあ
げるべきだ。

「うーん……、十八歳、ですかね……？」

あと三年――忍耐力を試す期間としては長すぎる。ダリルは気が遠くなり、失神寸前だった。けれどエリカの育った世界での求婚方法を聞き出して、十八歳の誕生日に指輪を贈る想像をしながら乗り切る覚悟をした。

ちょうどその頃だろう。なにがきっかけだったのかはわからないが、エリカは将来のためにオブシディアン公爵家の印象改善を図ろうと、積極的に外に出るようになった。

それまでのダリルは自分が一族最後の一人になると予想しすべてを諦めていた。だから他者がどれだけ闇公爵家やダリル個人を憎んでいてもどうでもよかった。

けれどエリカの主張を聞き、魔力を持たない彼女の安全のためには印象改善が必要だと考えを改めた。

このときのダリルは、エリカとはじめた慈善活動のせいで、自分の立場が脅かされる事態になるなどとはつゆほども疑わずにいた。

そして、いつの間にか彼女と出会ってから四年の月日が流れていた。

エリカの十八歳の誕生日は、ダリルにとっても特別な一日だった。

指輪をプレゼントし、結婚を誓い合う。もう妹として扱わなくていいのだと思うと、感情が昂った。

痛みを与えるような行為はまだできなかったが、自分の手技でエリカが快楽を得て溺れていく姿を眺めているだけで心が満たされた。

彼女はもう少女ではなく大人の女性だった。長い黒髪に華奢な体つき、きめ細かく柔らかな肌——すべて、ダリルが大切に育てた結果だ。

なによりも恥じらいながらも好意を隠さない瞳が、まっすぐ自分に向けられているという事実にダリルは心が満たされた。生まれてきてこんなに幸せを感じた日はほかにない。

けれど誕生日の翌日、エリカが『選妃』の候補者となったことで、二人の関係は完全に変わってしまった。

(まさか、あの青年がトレヴァー殿下だったとは)

一応城勤めの魔法使いであるから、ダリルはトレヴァーと何度も顔を合わせている。そうだというのに見破れなかったのは失態だった。

第一王子は心優しく勤勉で優秀な魔法の使い手であるというのが世間の評判だ。実際その評価は正しく、将来は立派な国王になると目されている。

トレヴァーはエリカへの好意を隠さなかった。そして、あろうことか闇公爵家の養女である彼女を妃候補に選んでしまった。

(なぜ、エリカなんだ!)

トレヴァーは多くの者に愛される存在だ。将来の伴侶も、美しく聡明な女性たちを競わせて好きに選ぶことが許されている。

そんな彼がエリカを奪おうとしている。ダリルが愛せる女性はこの世界でたった一人しかいないのに。

その日からダリルの心を闇が浸食していった。

エリカをどこかに閉じ込めて、誰にも会わせないようにしてしまいたかった。もし、王家が今更迷い人を差し出せと主張するのなら、国を滅ぼしてしまおうという危険な野望を抱いた。

彼女を奪われたらダリルはきっと狂気に囚われる。かつて国を混乱に陥れた厄災をもたらした者と同じになるという確信があった。

けれど闇に心を侵されながらもギリギリで理性を保っている。エリカのためにまだ普通の人間であり続けたかったのだ。

「トレヴァー殿下はきっと、エリカを幸せにしてくれる……私よりも……」

ダリルは膨大な闇属性の魔力を有している以外、大した取り柄のない男だ。エリカ以外の人間には残忍で、最初から心が壊れている。金は持っているが、国中の嫌われ者だ。

もしトレヴァーが本気でエリカを愛し、エリカもそれを望むのなら認めなければならない。エリカ以外の人間がどうでもいいからこそ、彼女にとってなにが一番かを見誤りたくなかった。

（オブシディアン公爵家が不当な扱いを受けないことが、エリカの目標だったな……）

まっすぐな彼女の努力が実を結んだ結果だ。

彼女の幸せを願い続けることだけが、ダリルに唯一残された正しさだった。

だからエリカがトレヴァーのファーストダンスの相手に選ばれたとき、ダリルは邪魔をしなかった。

彼女を誰にも触れられない場所に隠し、縛りつけて、いつまでも子供扱いしてもきっと無駄だ。エリカはもう大人で、広い世界を知っていくのをダリルが止めることなどできない。それをしたら今ある信頼を失うとわかっていた。

トレヴァーの邪魔をせず、それでも自分がエリカの特別でありたかった。

だからこそ、舞踏会が終わったあと、エリカから感情を読み取る魔法を解いてほしいと言われて絶望した。

「もう子供じゃないんです！　いくらダリルにでも話したくないことだってたくさんあるの！　私がどんなときに嫌な感情を抱くのかなんて自分で向き合うべきですから、ダリルには教えない！」

「私に話せない……こと、だと……」

ダリルには教えない――つまり、もう心を知られたくないという言葉は、心が離れた証に思えた。

「そうです！　ダリルにだってそれくらいあるでしょう？　私に、秘密にしている気持ちがあるでしょう？」

「それは……」

心が真っ暗な闇に支配されていること。いつもエリカを独占し、閉じ込めておきたいという欲望を抱いて、寸前のところで踏みとどまっていること。指摘どおり、ダリルの中には彼女に知られたくない感情があった。

「ほら、即答できないじゃないですか」

エリカは泣いていた。ダリルは、自分が泣かせたという事実を信じたくなかった。そのあいだもエリカとクロコにかけた魔法は負の感情を読み取ってダリルに伝えてくる。

守り愛しんできたエリカを、苦しめていた罪人はダリルだった。

それを自覚した瞬間、彼女にかけてしまった浅はかな魔法を猛烈に後悔したがもう手遅れかもしれない。

「……わかった。負の感情に反応する魔法を解く。それでいいか？」

まずはクロコに触れ、そのあとエリカの額にそっと唇を落とす。ダリルが意思を込めて彼女に触れるだけで、魔法は簡単に解ける。

「すまなかった。……今はゆっくり休んでくれ」

まだ彼女の薬指にダリルが贈った指輪が光っている。それだけを頼りに、ダリルはギリギリのところで壊れずにいられた。

そして、翌日からエリカはクロコを置いて登城するようになった。『反射』の魔法をはじめエリカは様々なマジックアイテムを身につけている。負の感情に反応する魔法によって行動を監視しなくても、十分に彼女の安全は保たれるはずだ。

「クロコよ……エリカを守ってやってくれ。今までのように私に伝える必要はない。おまえは私の魔力を分け与えたかりそめの命しか持たない存在だが、知能のある生物なのだから」

　この行動も間違っているかもしれないという認識があったが、それでもダリルはエリカのそばにクロコを配置しておきたかった。

　魔法には感情がない。すべての効果はあらかじめ設定された条件により決まる。なにか想定していない事態が起こったときに動けるものが必要だとダリルは考えた。

（嫌われてもいい……。『選妃』が終わり、エリカが誰と共に生きるのか決めるまで、私はあの子の保護者なのだから……）

　そしてエリカがトレヴァーと孤児院訪問をする日、そろそろ彼女を迎えに行こうと考えていたところで目の前が真っ暗になった。

「……クロコ？」

　隠れてエリカを見守っていたはずのクロコが、突然ダリルの視覚に干渉してきた。

「エリカ……、それからアイリス・ホワイトパール……」

　場所は城内の庭園だった。アイリスがエリカの手を引いて、奥まった場所にある温室へ入ろうとしていた。そこで、クロコが見ているはずの映像が急に不鮮明になった。

「これは、魔法？」

　意識を阻害するなんらかの魔法が発動した可能性が高かった。クロコはその魔法の有効範囲を突破しようとしたのだろうか。ダリルとの繋がりが解かれてしまった。これでは黒猫の意識を借りることができない。

ダリルは全速力でエリカがいるはずの温室へと急いだ。

「なにを急いでいるんだダリル殿……？」

途中、トレヴァーとぶつかりそうになったが、ダリルは謝りもせず庭園の奥を目指した。

（エリカ……！）

やがて見えてきたガラス張りの建物からはかすかに魔法の気配がした。隠蔽され、使用したことすら外部に悟らせないほど巧妙で――ダリルと正反対のその力に吐き気がするほどだった。

元の世界へ繋がる光は、エリカから半歩の距離にまで迫っていた。

「嫌……、いやぁ……！　私、ダリルと離れればなれになりたくないっ」

どれだけ漫画とは別の道を選び続けても、エリカが結局この世界から消えることは変わらないのだろうか。こんなふうにダリルと別れるくらいなら、互いを想い合いながら死んでいった漫画のストーリーのほうが何倍もましだった。

「ダリル……、ダリル……！」

「魔法はもう発動してしまったわ。……さようなら、エリカ様。あなたはこの世界に存在してはいけない人なの。あちらの世界で幸せになってください」

エリカは大きく深呼吸をして、焦る心を必死に落ち着かせた。反射の魔法は、エリカが転んだ場合も有効だった。例えば確実に怪我をしてしまうほどの勢いで高いところから落ちたら、落下先が壊れる。

故意に落とされた場合でも、自分の意思で飛び降りた場合でも関係ない。

同じように、エリカが怪我をするくらいの勢いで壁に拳を打ちつけたら、『反射』が発動するはずだ。だからエリカは拳を握りしめ、力一杯、見えない壁を叩いた。

「だめ……こんなんじゃ……」

エリカも傷つかないし、壁の破壊もできない。足元まで光が迫ってきているせいで、踏ん張ることができず、拳に力が入らなかった。

それでもエリカは抗い続ける。ダリルの名を呼びながら、必死だった。

「エリカ様……お兄様を愛してらしたの？　だったらなぜ、『選妃』なんかに……。妃候補にならなければお兄様とずっと一緒に暮らせたでしょうに」

「私は候補になりたいだなんて望んでいなかった！　……お願い、……ダリル……」

ポロポロと涙が溢れ出す。

硬かったはずの地面が、砂浜のような感触になっていく。このままエリカは光に吸い込まれ、元の世界へ帰るのだろう。

エリカはもう、落ちていくその瞬間を待つことしかできなかった。

「エリカッ！」

ガラスが飛び散る音と同時にダリルの声が聞こえた。強い風を感じた次の瞬間、エリカの身体は宙に浮く。けれど『門』に吸い込まれたわけではなかった。

腕と足にダリルの魔力でできた蔓が絡まって、エリカをこの世界にとどまらせていた。

「ダリル……」

すぐにダリルに抱きしめられた。

いつの間にか二人の足元にはクロコもいて、スリスリとエリカに身を寄せてくる。

クロコには今日も、小さな葉がたくさんついていた。

「この魔法は、異世界への『門』か……。悪質な！」

ダリルの視線の先には、展開についていけず呆然としているアイリスがいた。

「そんな……、なぜ闇公爵が……？」

「貴様に教える義理はないな。それより……」

ダリルが作り出す影から蔓が這い出てきて、アイリスを捕らえる。彼女の身体は宙に浮き、光でできた円の真上に移動していく。

「や……やめて……。『門』の解除……解除は……！」

このまま光の中に落とされたらどうなるか。アイリスはそのあたりに転がっていた本に手を伸ばそうとしているが、蔓に拘束されていては届くはずもない。

「貴様の考えていることはわかっている。エリカを異世界に帰そうとしたのだろう？　私の守護の隙をうまく突いた点だけはほめてやろう」

「あなたにほめられても嬉しくないわ！　放して……放しなさいっ！」

「あぁ……、すぐに放してやる」

アイリスを支えていた蔓が一本消滅した。ガクンと彼女の身体が揺れ、悲鳴が上がる。

「待ってくれ、ダリル殿」

トレヴァーが温室の壊れた入り口あたりに立っていて、近づいてくる。

「トレヴァー殿下！　助けてください……、闇公爵の非道をどうかお止めください！」

アイリスが必死に叫ぶ。

「私の非道だと？　自分で発動させた魔法だろうに。……フハハハッ」

こういう笑い方をするから、誤解されるのだとエリカは心の中でツッコミを入れる。

けれど同時に自分もダリルも悪役でかまわないと開き直っていた。アイリスはやめてほしいと懇願するエリカの言葉を無視した。それだけではなく、なんのためらいもなくエリカの望まない魔法を使おうとした。許せるはずもなかった。

「ダリル殿、アイリス殿は私が責任を持って裁く。だから少し待ってくれないか？」

「エリカ、どうする？」

味方にだけ優しいダリルは、きっとエリカが頼めばアイリスを落とさないのだろう。

この世界に来たばかりのエリカならば、助けてあげてほしいと言っていたに違いない。

それは平和な世界で育ったゆえの弱さかもしれなかった。

「トレヴァー殿下、ごめんなさい……。私は、自分を罠に嵌めた人間に情けをかける気はありません。……だって私は、オブシディアン公爵家の者ですから」

血の繋がりはなくともエリカは闇公爵家の人間である。敵を滅ぼすことに、なんのためらいも持ってはいけない。理不尽に晒されながら、圧倒的な力を見せつけ、敵に容赦をしないことでオブシディアン公爵家の者たちは生き残ってきた。そういう態度を取り続けていなければ、とっくに滅んでいたはずだ。

「エリカ殿……」

「それに、アイリス様は攻撃魔法ではないという認識のようです。だったら、ご自分で体験してみるのも、いいと思います」

にっこりとほほえんでから、エリカはダリルの手を取った。汚れるときは一緒がいい。一人だけ守られて、綺麗なつもりでいるのはもうやめにした。

「……ひっ、嫌です……わたくしは未来の王妃に……」

「さようなら、アイリス様」

エリカのその言葉が合図になり、ダリルが蔓をすべて消した。光の中に落ちたアイリスは、底なしの沼に囚われたかのように呑み込まれていく。

「闇公爵……、エリカ！　見ていなさい。あなたの世界に行ったら、あなたの悪評をばら撒いてやりますわ。……わたくしを異世界に落とした……こと……絶対に、後悔……」

「そもそもエリカの知り合いに会える可能性などほぼないだろうに。そのたくましさならどんな世界でも生きていけるはずだ」

アイリスは最後まで、エリカとダリルに対する恨みを叫びながら、光に呑み込まれていった。アイリスの姿が消えると、光が徐々に小さくなりはじめる。やがて温室が静寂に包まれた。

「ダリル……。助けに来てくれてありがとうございました。でも、どうして？」

「……い、いや」

ダリルはばつが悪そうに頬を掻く。

「クロコが知らせてくれたんですか？」

黒猫は二人のすぐ近くで毛繕いをしている。エリカは抱き上げて頭を撫でてやった。部屋の中で飼っていたはずのクロコが最近になって外へ行くようになったのは、こっそりとエリカを護衛していたということなのだろう。

今もまだ、漆黒の毛に小さな葉がついたままだ。

「すまない。監視しているつもりはなかったんだが」

エリカは首を横に振る。ダリルに知られたくない感情がなんだったのか、今なら話せそうな気がした。

「ダリルがお兄様ではなくなってからだんだんとドロドロした欲望とか、独占欲みたいなものを抱くようになって……苦しくて……それを知られたくなかったんです。変わってしまった気がして……気づかれたら嫌われるかもしれないって不安で……」

ダリルが顔を赤らめる。醜い感情があると告白しても、彼はエリカに失望せずにいてくれる。それだけでエリカは安堵し、身体から力が抜けていった。

「独占欲、か……。安心しなさい、それは私を想ってくれる証だろう？　それに私のほうがきっと百倍くらいの闇を抱いているはずだ」

「百倍……？」

「そう。例えば、トレヴァー殿下など心の中で千回は殺しているし、エリカとの関係を邪魔されないためだけにアズライト王国を征服してやろうと計画してみたことも十回はあるな。――余裕で可能だと思っている。エリカを見送るときは毎回監禁したい衝動に駆られるが、ギリギリ自重している」

　目が本気だった。

「征服……は、ちょっと……」

　エリカは思わずダリルから半歩距離を取ってしまった。すると彼はあからさまにしょぼんとなる。命の恩人であり、たった一人の特別な相手に対し、かわいそうなことをしてしまった気がして、エリカはやっぱり半歩彼に近づくのだった。

　すると急に咳払い（せき）が聞こえた。

「ダリル殿が言うと冗談では済まされないだろう！　……聞かなかったことにしておくから、少しは慎んでほしい」

「……なんだ、まだいたのか」

　ダリルはトレヴァーを一瞥（いちべつ）し、面倒くさそうにそう言った。王族に対してもダリルは最低限の敬意しか払わない。今はなぜか、普段は思っていても口にしない王子暗殺や国家転覆という不穏な発言すらためらわなくなっていた。

「あなたという人は！」

「見てのとおり、アイリス・ホワイトパールは『選妃』の候補者を排除するために光の魔法を使い、エリカを異世界に送ろうとした。我々は敵に制裁を加えただけであり、王家の不手際について謝罪を求めたいくらいだ。……妃候補の引き起こした事件なのだから、殿下の責任で処理を頼む」

ダリルはかなり怒っていた。アイリスは城内で許可も得ずに魔法を使った。妃候補として登城が許されていたのだから、監督責任は王家にあると言いたいのだ。

さらに、相手を陥れて妃になろうとする悪女を候補にしてしまった人選ミスも含め、ダリルは抗議し、せめて事後処理をトレヴァーにやらせようとしているようだった。

「責任の所在については後日、話し合いたい。……二人はこれからどうするつもりなんだろうか？」

「勤務時間は終わったから、屋敷へ帰る」

エリカの腰に手を添えて、ダリルは温室から立ち去ろうとする。

けれどトレヴァーが行く手を阻む。

「被害者だという主張は認めるが、報告を怠るのはいただけない」

加害者とはいえアイリスが帰還不可能な場所に飛ばされて、城内の建物が壊れたのだ。

一般的な常識で考えて、現場検証なり事情聴取なりが必要だ。

「罪を犯したのはあちらだ。罪人のせいで危険な目に遭ったあげくに、貴重な時間を浪費しなければならないとはな」

ダリルは心底面倒くさそうにしながら、クロコの首根っこをひょいっと摑み持ち上げた。

急に黒猫の両目がピカッと光り、宙に映像が浮かび上がる。それはクロコが見ていたものの記録だ。エリカが温室に入る前からはじまっていて、エリカとアイリスのやり取りが早送りで流れていく。

クロコは温室に入れなかったらしく、途中からガラスを隔てた映像に切り替わり、音がなくなった。

（クロコが怖い……）

愛猫の目が映写機になってしまった。魔法生物だと理解していても、普段はぬいぐるみを模して作った可愛い姿をしているため、ギャップが恐ろしい。

急に化け物になってしまったように思えた。

映像はアイリスが光に呑み込まれたシーンまで流れたあと、ピタリと止まった。ゆらゆらと揺らめき収束していき、最終的には卵くらいの大きさの玉になった。

「証拠はこれで十分だ」

ダリルはトレヴァーに記録の玉を渡すと、クロコごとエリカを抱き上げ壊れた扉付近から外に出た。トレヴァーは肩をすくめ、大きくため息を吐いたが、それ以上の引き留めはしないでいてくれた。

　しばらく歩くとオブシディアン公爵家の馬車が停まっているのが見えた。二人と一匹で馬車に乗り込む。いつものように隣同士で座ってから、ダリルがエリカの手を強く握りしめた。

　先ほどまでは王族にすら強気の態度だったのに、彼の手はわずかに震えていた。

「心配をかけてしまってごめんなさい」

　エリカはダリルの大きな手を握り返した。異世界には帰らず、まだここにいるということを示すにはぬくもりが必要だった。

「……帰りたかったか？」

　ボソリとダリルがつぶやいた。普段の強引で堂々とした彼はまだ戻ってきていない。まるで捨て猫みたいだった。

「もし帰る方法があっても、ダリルと離ればなれになるのは嫌。……絶対に離さないで」

「ああ、離すものか」

　だんだんと手よりももっと互いの存在を感じたくなってくる。エリカはそのまま彼の胸に顔をうずめた。

「でも、ダリルはどうして帰る方法がないと言ったのですか？　なんだか、らしくない気がしました」

　アイリスが実践してみせたのだから、ホワイトパール伯爵家が異世界に繋がる『門』の研究をしていて、実際に魔法を完成させていたことは明らかだった。

　ダリルはエリカに対する独占欲を隠さない人ではあるのだが、結局エリカの意思を無視しない人だ。そんな彼が帰る方法はないと言い切った理由はなんだろうか。

「以前に言わなかったか？　二つの世界のあいだには空間と時間の歪みが存在している、と」

「はい……」

「確かに、光の魔法で異世界へ渡ることはできるとされている。だが、時間も場所も指定できない。どうも人のいる……つまり、文明のある場所に引き寄せられるのではないかという説もあるが、定かではないから」

「それは、アイリス様が作った門の向こうが何百年先の未来に繋がっているかもしれないし、何千年も前の時代に繋がっているのかもしれないってことですか？」

「そうだ」

　もし、この世界にやってきた直後に帰る方法が見つかっていれば、エリカは帰還を望んだだろう。けれど、日本ではない外国に飛ばされると言われたら、それだけでためらう。

　ましてや時代さえ制御できないとしたら、知り合いに会える可能性は限りなく低い。

　同じ時代、同じ場所に戻れないのなら、そこは異世界に迷い込んだのと一緒だ。

　この世界でダリルが保護してくれたのは幸運で、身寄りもなく言葉も通じない場所でまともな生活を送れる可能性はほぼないことくらい想像がつく。

「それでは方法がないのと一緒です」

「君はまだ子供だったから、中途半端な期待を持たせないほうがいいと思っていた。家族に会えない可能性が高いとわかっていても帰りたいと望んだら、どう説得していいかわからなかったんだ……」

魔法の存在を黙っていたのは、ダリルの優しさだった。未熟なエリカが万が一にも天文学的な確率に賭けようなどと言い出すことを、彼は警戒していたのだ。

「ごめんなさい。……私、少しだけダリルのことを疑ってしまいました」

エリカはわずかに顔を上げて、ダリルをまっすぐに見つめながら謝罪した。

彼は小さく笑って首を横に振る。

「だが、方法があっても帰らないと言ってくれた。……それで十分だ」

「はい……」

「実際、私は君を閉じ込めて誰にも触れさせたくないと考えているから、気をつけたほうがいい」

目が本気だった。彼は昔から冗談を言わない人だ。

「……それは、どう気をつけたらいいんですか？」

「さあ？　自分でもわからん」

「もう！」

本当は、答えなどわかっている。握った手を離さず、寄り添うことをやめなければダリルの闇が限界を超える心配はないのだ。

（結局、ダリルのヤンデレパワーのおかげで破滅は回避できたと判断していいのかな？）

なぜこの世界が漫画の世界に酷似していたのかは謎のままだった。

トレヴァーには自分の気持ちを正直に告げたのだし、この騒ぎは『選妃』を辞退するのに十分な理由となる。あの温室で起こるはずだった破滅も、ダリルがこっそりエリカに監視をつけていたおかげで回避できた。

今このときから、エリカとダリルは漫画の世界では描かれていなかった二人になる。もう物語と似た状況に陥ることに怯えなくていいのだ。

（時間さえねじ曲がる……か。……あれ？）

アイリスがもし、エリカが暮らしていた時代より過去に流れ着いたらどうなるのだろうか。エリカはふとそんなことを考えた。

「今、私以外の者のことを考えていなかったか？」

不機嫌そうなダリルの声で、気が逸れた。

「え……？　でも、大切なことを……」

頭の中を整理したら、答えにたどり着けそうだった。けれどダリルがエリカの顎に手を添えて、無理矢理彼のほうを向かせて邪魔をする。

ダリルの金色の瞳は綺麗な色だというのに、どこかほの暗い。エリカを咎めているのだ。

「二人でいるときに、私以外の者のことを思ってはだめだ……。これは、仕置きだよ」

彼はそう言って、エリカの唇を奪った。

自分以外の存在はどうでもいい——そんなダリルの強い想いにほだされて、エリカは思考を放棄した。

閑話　とある漫画家について

　神崎綾女は苦労人の漫画家である。

「フフッ、ついに積年の恨みを晴らすときがやってきたのね！　エリカ……、そして鬼畜闇公爵……あなたたちを破滅させるときが来たわ」

　最新話にペン入れをしながら、綾女はほくそ笑んだ。

「見て、ペンを持っている先生の目。殺人鬼も逃げ帰るくらいの気迫ね」

「さすがにプロは取り組む姿勢が違うわ」

「あそこまでフィクションに入れ込めるのが本物の漫画家ということよ」

　二人のアシスタントがそんな会話をしているが、今の綾女にはどうでもよかった。一ミリたりとも狂わずに、思いどおりの線を引くことだけがすべてだ。

　神崎綾女――本名アイリス・ホワイトパールは異世界へと続く門に吸い込まれ、地球のとある国にたどり着いた。魔法は使えなくなっているし、言葉も通じない、不法入国者として逮捕されそうになるという散々な目に遭った。そこから努力に努力を重ね、勉学に勤しみ生活の基盤を築くのに三年もかかってしまった。

三年のあいだ、綾女はエリカの出身国について調べた。もちろん、時空の歪みがあるのだから、エリカが暮らしていた時代と綾女が生きる今は異なるのだとわかっていた。

それでも、この世界で憎き女の悪評を広めるのが綾女の生きがいとなっていたのだ。

黒髪で「エリカ」という名前から、エリカ・オブシディアンの出身国は、日本である可能性が一番高かった。そこから日本の文化に興味を持ち、日本語を勉強しているうちに漫画にはまり、漫画家を志した。

日本は閉鎖的な国で、就労ビザを取るのも並々ならぬ苦労があった。

この世界にやってきて十年でようやくデビュー。ペンネームはアイリスの和名「寒咲きアヤメ」から拝借した。そこからさらに数年後、三十歳を過ぎてはじめてのヒット作が『あなたに一粒の真珠を』である。

これでエリカの悪行を広める機会を得られたのだ。

最新話はエリカとダリルが燃えさかる炎の中で互いの気持ちを認め、滅んでいくというシーンだ。ようやく積年の恨みを晴らせそうである。

エリカと闇公爵を完璧な悪役として描くために、全神経を研ぎ澄ませ、一ページの作業が終わった。

「気合いが入っていますね、綾女先生。でももったいない。……エリカと闇公爵って人気キャラじゃないですか。もうちょっと引っ張りたかった気がします」

「私もです。禁断の愛が萌えるってファンレターでも読者アンケートでもご意見をいただくじゃないですか」

アシスタントが口々にエリカたちの破滅を惜しむ。

「……なにを言っているの、あなたたち。ツヤベタが面倒くさいって言っていたじゃない」

エリカとダリルの破滅を引っ張るかどうかは、担当編集者と散々揉めた。物語の終盤となり、ようやく悪役二人の破滅許可が下りたのだ。積年の恨みを晴らせるのだから、今更引き返すつもりも、温情を与えるつもりもなかった。

「エリカのツヤ髪が嫌いになるのは、締め切り一日前限定です。本当はヤンデレ闇公爵兄妹のスピンオフを描いていただきたいくらい好きですよ」

「フン！　エリカは異世界からの迷い人で闇公爵家の養女なの。だからこの二人、じつは血が繋がっていないから禁断の愛じゃないわ。残念でした！」

そう言って、綾女は高笑いをした。

「そんな設定ありましたっけ？」

アシスタントが首を傾げる。確かにエリカが闇公爵家の養女だという設定は漫画の中では描かれていない。それには深いわけがあった。

「担当さんが無意味な設定はいらないって却下したからなくなったのよ。悪役にスポットをあてすぎっていつも怒られるし」

ほかにも、都合上入らなかった要素がたくさんある。例えばエリカは猫の魔法生物を飼っていたのだが、可愛い小動物はヒロインのペットにしたほうがいいという担当編集の要望に応え、漫画の中のアイリスは人の言葉を理解する白い子犬を連れ歩いている。

アズライト城に堂々とペットを連れてくるのは、非常識な行動だ。

そんなことをしていたのは闇公爵家だけだったというのに、人気要素だから無理矢理付け加えられてしまった。それだけではない。綾女としてはできるだけ実体験と同じストーリーにしたいというのに、「これじゃあ、ヒロインが悪役になってしまう」というツッコミが編集者から毎回入った。

だんだんとアイリスがやったこととエリカがやったことが入れ替わっている気がした。

そしてアイリスが実際に行った処世術を漫画の中のエリカにやらせると「これぞ真の悪役だ」と、担当編集者からほめられる。これではまるで、アイリスが悪いみたいだ。

少々不満に思いながらも、綾女は自分が生まれた世界で起こった出来事を脚色し、漫画という最高に拡散力のある武器で闇公爵兄妹への復讐を成し遂げたのである。

きりのいいページまでペン入れが終わったところで、コーヒーでも飲みながら編集部にメールを送ろうと思った綾女は、パソコンの電源ボタンを押す。それから立ち上がり、キッチンへ向かった。

「それにしても、最近パソコンの調子が悪いわね」

インスタントコーヒーにお湯を注いで戻ってきてもまだデスクトップが立ち上がらない。基本的な作業はアナログで、パソコンは主に編集部とのメールのやり取りで使っているのだが、使いたいときにすぐ使えないのはさすがにストレスだ。

「そうですね……。ちょっと動作が鈍いんです。もう少しスペックがあればなぁ」

アシスタントも不便を感じていたようだ。

「単行本の印税が入ったら買い替えようかしら。消費税が八パーセントに上がる前がいいのか、それとも上がったあとがお得なのか、悩ましいわ」

「増税直後はセールをやりそうですよね。ボーナス時期は高いって言いますし」

「ボーナスねぇ……、漫画家には関係ないわ」

今月の締め切りが終わったら、家電量販店へ下見に行こうかと考えながら、綾女はコーヒーを飲干す。

（エリカ様、あちらの世界で元気にやっているかしら？　あの闇公爵がいる限りトレヴァー殿下の妃になんてなれるはずがなかったのに……あぁ、わたくしも十代の頃は未熟だったのね。馬鹿みたい）

ヤンデレ兄が健在な限り、彼女はアイリスのライバルにはなり得ないのだと気づいたのは、この世界に飛ばされる直前だった。漫画の中のアイリスのように、清く正しい行動を続けていたら別の未来があったというのも、今の綾女にはわかっていた。

マグカップを片づけるために立ち上がると、積んであった書類にぶつかり、何枚かの紙が床に散らばった。

それはボツになったネームだった。

『炎に包まれたエリカとダリルは、別の世界に飛ばされて、二人で新たな人生を歩むのだった』

綾女は復讐心を糧に生きるたくましい女性である。けれど一応反省もしているつもりだった。罪滅ぼしのために二人が幸せになるストーリーも考えてみたのだが、やはりしっくりこなかったのでやめたのだ。

「どうせあの二人、あちらの世界でラブラブイチャイチャしているに決まっているんだから、わたくしの嫌がらせなんて可愛いものよ！」

「……先生、なにかおっしゃいましたか？」

心の中で考えていたことがいつの間にか声になっていたらしい。

「なんにも。さて、締め切りまであと五日！　気合いで乗り切るわよ」

「はい」

自分で作った『門』によって、綾女はこの世界に飛ばされた。自業自得だが、十七歳にして家族と離ればなれになった。身寄りもなく、特権階級の令嬢という地位も、魔法という便利な力もすべて失った。言葉と常識が通用しない世界で生きるのは、並大抵のことではなかったと思う。

もう十分に罰は受けていると解釈し、彼女は今日も明日も、この世界で思うままに生きていく。

第六章　エリカ・オブシディアンと闇が深い花婿

六人いた候補者のうち、二人が罪を犯し失格という前代未聞の事態になってしまったため、今回の『選妃』は誰も選ばれないまま中止となった。

トレヴァーは『選妃』が終わったあと、一度エリカとダリルを茶会に招いてくれた。

どうやらトレヴァーは『選妃』という制度そのものをなくすつもりで働きかけをしているようだ。

制度がなくなっても、未来の国王である彼が自由に妃を選べるわけではない。それでも決まった項目をチェックして優劣を決め、限られた期間で絶対に誰かを選ぶという方法には問題があると考えているのだった。

そして、『選妃』が終わってから三ヶ月が経過し、ダリルの二十五歳の誕生日——エリカが彼の花嫁となる日がやってきた。

結婚式に相当するものは屋敷の中で行うのが闇公爵家の伝統だ。

この国にも教会があり、アズライト王国が存在する大陸を創った神を祭っている。多くの者が教会で儀式を行うのだが、オブシディアン公爵家の者はどうも教会が嫌いらしい。例えば都にある孤児院は、王家の命で教会が運営している。エリカも慈善活動で訪れているため教会ともわずかな縁ができたのだが、それはごく最近のことだ。

多少の関係改善があったとしても、オブシディアン公爵家を嫌う者は多いし、聖職者はその最たる者だと言える。

そんな理由があり、エリカとダリルの結婚式はいわゆる人前式だった。立会人の前で、婚姻に関係する書類にサインをするだけという簡素なものだ。

闇侯爵邸の舞踏室が、結婚式の会場となる。支度を終えたエリカはダリルに手を引かれ、その部屋の中へ足を踏み入れた。

会場はジェームズが育てた薔薇の香りで満ちていた。めずらしい淡い紫の薔薇とリボンで飾られ華やかだった。

昼間の舞踏室には、大きな窓から光が差し込む。それを背にするようにして置かれた台の上には、これから署名する予定の婚姻届があった。

「綺麗だよ、エリカちゃん」

「あぁ、わたくしの自慢の娘……」

ジェームズとグロリアが涙ぐみ、エリカに寄り添った。

エリカの衣装は今日も黒だった。黒の総レースのドレスは大人っぽいマーメイドラインだ。ダリルとは六歳半の歳の差があり、義理の兄という認識でいた期間が長かった。エリカはいつも守られるだけで、対等な関係が築けていない気がしていた。歳の差は変わらないのだが、せめて服装だけでも大人っぽくして彼にふさわしくありたかった。

「……二人とも、嫁に行くわけではないのになぜ泣いているんだ？」

ダリルの正装も黒だった。家族全員が黒を基調にした服をまとっていて、そのうち二人の目に涙が浮かんでいる。

エリカの感覚だと、この雰囲気は結婚式ではなく、葬式だった。

「エリカちゃんの成長を振り返り、懐かしんでいたんだ。邪魔をするな」

「無粋な愚息ね」

しばらく家族で話をしていると、立会人でもある招待客が次々と到着する。

オーレリアとその婚約者、それから最近オーレリアの影響を受けてダリルに師事したいと申し出てきた魔法使いの数名だ。

ほかにはクレッセント魔法商会に勤める者、孤児院を巣立った者など、全部で二十人くらいの参列者が集う。

全員、オブシディアン公爵家の者の趣味に合わせ、地味な色合いの装いをしている。人生で幾度もないはずの記念日すらどこかどんよりと重々しい雰囲気になるのが、闇公爵家らしさだった。

「あの……、じつはトレヴァー殿下からこちらを預かっております。エリカさんに……」

オーレリアは持っていた花束をエリカに差し出した。名前はわからないが青紫色の、可愛らしい花だった。

「綺麗ですね」

エリカは花束を受け取り、鼻先を近づけて香りを確かめた。トレヴァーは『選妃』のあとも、両家の関係改善のために手を取り合おうとしてくれている。申し訳ないと感じるほど、彼は善良な人だった。

「消し炭にしてしまいたい」

言葉と同時に青紫色の花束から黒い炎が上がる。

しまいたい、という言葉は衝動を抑えられているときに使うものではないのだろうか。

男性からの花束が気に入らないのはわかるが、結婚式の日くらい寛容でいてほしいと願うのは、エリカのわがままだろうか。

「燃やしてから言わないでください！　贈り物なのに……あれ？」

結婚の祝いに贈られた花束を燃やされたエリカは、さすがに花婿に抗議しようとしたのだが、急に周囲が輝き出して気が逸れる。

燃えつきた花から小さな光の粒が生まれ、目前に広がった。

『第一王子が贈った花を燃やすなんて不敬にもほどがあるよ。結婚をきっかけに、ダリル殿が自重できる人間になることを祈っている。おめでとう、ただそれだけ言わせてくれ。

――トレヴァー・アズライト』

「フン、花の細工くらいわかっていた」

　本当の贈り物はエリカへの花束ではなく、二人へのメッセージだった。わざとダリルの独占欲が爆発しそうなかたちにしたのは、トレヴァーのちょっとしたいたずらだ。

「トレヴァー殿下……」

　エリカはメッセージの光が薄れて完全になくなるまで、親愛の気持ちが込められた文字を眺めていた。文句を言いながらも、ダリルはトレヴァーに一目置いている。

　王家と闇公爵家の今後が明るいと示すトレヴァーのメッセージに、エリカは希望を抱いた。二人の門出への祝いとして、これ以上はない贈り物だった。

「もう待てん。……早く婚儀を」

　立会人が揃ったところで、予定時刻より前にダリルがしびれを切らした。エリカを台の近くまで引っ張っていき、勝手にはじめるつもりでいる。

　慌てたジェームズが進行役となり、二人の前に立った。エリカとダリルはそれぞれ夫婦になることを相手と立会人に近い、署名をする。

　ジェームズに促され、近いのキスをすれば儀式は終わりなのだが――。

「見世物ではないからな」

　普段は独占欲を剝き出しにするくせに、こんなときだけダリルは控えめだった。エリカの額にちょん、と触れるだけのキスをして、顔を赤らめる。

二人きりのときからは想像もできない純朴な態度に納得がいかないエリカだ。だからお返しのキスで、彼の唇を奪う。

これで二人はようやく夫婦になれた。

「さあ、エリカ……踊ろうか」

めずらしい真昼の舞踏会がはじまる。エリカはダリルに手を取られ、いつか踊れなかったファーストダンスに挑んだ。招待客はまだ踊らず、二人だけのダンスだ。

「楽しいか？」

「もちろんです」

半年前まで二人ともダンスをしたことがなかった。ダリルは器用な人だから、エリカに付き合って少し習っただけですぐに踊れるようになっていた。

ダリルのリードはエリカに対しての気遣いが感じられて、大切にされているのが伝わってくる。これほど楽しい時間はなかった。

「オブシディアン公爵家はもう孤独な一族ではなくなりつつある。黒髪だから誰からも愛されない、だからエリカだけは私を愛してくれるはず――そんなふうに君を縛るのはもうできないんだな……」

エリカは頷いた。きっと二人とも、同時期にそれぞれそのことに気がついて、悩んでいたに違いない。

「今は、……それでもダリルが好きだと胸を張って言えますよ。想いだけで、私はあなた

の唯一になりたい」

外見や立場が変わったとしても、オブシディアン公爵家の評判が変わっても、それで不安にならないほどの絆をエリカは欲している。

それは見えないものだから、言葉と態度で彼に想いを伝え続けようと自分自身に誓った。

夜まで続く宴を、花婿と花嫁だけ途中で退席するのが、この国の習わしだ。ダリルは早々にエリカを抱き上げて会場から出ていく。

屋敷内を移動するだけの短い時間で、エリカの鼓動はかつてないほど高鳴っていた。耳まで真っ赤になって、身体が縮こまる。期待とほんのわずかな恐怖で泣きたくなった。

時刻は日が沈む少し前。廊下には早めに灯された明かりが規則的に並んでいる。温かみのあるオレンジの光は、長い夜のはじまりを告げているみたいだった。

今夜から、エリカの寝室はダリルと同じ部屋になる。彼はどこか急いていて、部屋に入るとすぐにエリカをベッドに連れていった。

「あぁ、どれだけ耐えたかわからない」

肩が押され、エリカの背中がシーツに沈む。ダリルが覆い被さってくると、彼の黒髪がさらりと流れた。わずらわしそうに掻き上げる仕草が、男性なのに色っぽかった。

「耐える必要なんてないと思っていました。早く奪ってほしかったんです」

「けじめのつもりだったから許せ」

その割に、ダリルは身体を繋げる以外の淫らな好意をたくさんしてきた。もう処女と呼べるのかエリカ自身も疑問に思うほどだ。

わずかでも離れたくなくて、エリカは彼のシャツをギュッと掴んだ。

「こら、それでは服も脱げない」

「だって」

ダリルはエリカの手をそっとどかして、わずかに身体を起こす。上着を脱ぎ捨てて、シャツの首元を緩めてから、再び身を寄せた。

最初にキスを降らせたのは、婚約の記念にもらった金の指輪のあたりだった。

「私のものだ。……今夜からはもう、すべて」

「はい……」

一応同意をしてみたものの、エリカは内心では少し違うと思っていた。

エリカの心も身体も随分前からダリルのものだった。少なくとも金の指輪をもらった日から、エリカはずっとこうなることを望んでいた。

「めちゃくちゃに、壊してしまいそうだ」

指先からはじまったキスが手首のあたり、肩のあたりと移動してくる。

不穏な言葉を口にしながらも、行動が一致しない。ダリルのキスからは労りと愛情しか感じなかった。

「もっと強くしてください」

ダリルは心の中に闇を抱えているのだという。誰にも邪魔されないようにするために、国を征服したいだとか、エリカを監禁したいだとか、本気で不穏な言葉を口にしたこともあった。

エリカはそのすべてを受け入れるのは無理だったが、彼の抱えている欲望をできるだけ解き放ってほしいとも思っていた。

返事はないが、キスが変わる。舌先が肌をたどったあとに痕がつくほどきつく吸われた。音を立てて唇が離れると、吸われた部分にジンと余韻が残る。続けざまにキスが降らされていくと、痺れて感覚が麻痺してしまいそうだった。

「ん、あぁ……。くすぐったいです……」

ダリルはエリカの感じる場所をよく知っている。鎖骨のあたりからチョーカーがついたままの首筋へのキスがはじまると、じっとしていられない。

ただこそばゆいだけならば不快なはずだ。それなのにやめてほしくない。しつこく続けられるとふわふわして、自分がどうなってもいい気がしてくる。

急所に触れられて心地がいいのは、信頼しているからだけではないとエリカは思う。

例えばこのまま嚙（か）みつかれて食べられても、ダリルにならかまわないという容認と諦めだった。

「背中を……」

ダリルが耳元で囁いた。エリカはうっとりしていて、油断していた。触れる場所が変わるたびに身体が大げさに反応してしまう。

その隙に大きな手が背中に回り込む。ボタンをはずし、ドレスを脱がせようとしているのだ。エリカは身体を横に傾けて、ダリルに協力した。早く脱がせてほしいと言っているようで恥ずかしかった。

時々ついばむようなキスを施しながら、ダリルがドレスを剥ぎ取っていく。コルセットも奪われて、ショーツとガーターベルト、それから絹のストッキングだけが残った。

今まで何度も見られているのに、素肌を暴かれるのはたまらなく恥ずかしい。エリカは横向きになって胸や上気した顔を隠す。

「だめだ、エリカ……こちらを向きなさい。隠すな……」

「でも……」

「私にすべてを奪われたかったのではないのか？　君はもう、私のものなのだから隠す権利などないよ」

エリカにも彼と早く繋がりたい想いはある。ためらいながら正面を向くと、金色の瞳に観察されているのがわかった。

「ダリル」

意味もなく、エリカは彼の名を呼んだ。ダリルは満足そうにほほえんで顔を寄せてくる。

こめかみに一度だけ軽いキスをしたのは、はじまりの合図だろうか。

すぐに唇同士が触れ合い、角度を変えながらダリルの舌がエリカの口内へ侵入を果たす。

歯の合間をこじ開けて、柔らかいのに力強いものがエリカの深い部分を探った。

「ふっ、……んっ、ん」

キスだけでも気が遠くなりそうだった。エリカは彼に応えようとするが、すぐに頭がふわふわとしてしまい、一方的に貪られるだけの存在になってしまう。呼吸を確保するだけで精一杯だった。

（あぁ……気持ちいい……、ダリルにされると……）

隙間から音が漏れるのもだんだん気にならなくなっていく。このままずっとこうしていられたら、互いの境界が曖昧になって本当にダリルのものになれる気がした。

「――ん！」

けれど、突然胸に触れられて、現実に引き戻された。キスはまだ続けられたまま、片方の手がエリカのふくらみを包み込んだ。大きな手で胸をこね回されると、ダリルのシャツが頂にあたり、擦れる。敏感な場所はわずかな刺激に反応し、立ち上がった。

なんだか落ち着かなくて、エリカはダリルの下で小さく震えた。心地よいのに、もっと強くされたいもどかしさが込み上げてくる。

ダリルはそんなエリカの胸の内を悟ったのだろうか。唇を離すと、胸の柔らかな場所にキスをした。

「ここにも証を刻んでおこう」

身体の中で、特別に柔らかい場所だった。白い肌にチュッ、チュッ、と吸いついて彼が触れた痕跡を残す。彼が唇を落とした場所が小さな花びらのように色づいている。

「あぁっ、ん。ダリル……！」

十指に余るくらいのキスをしてからダリルは胸の頂をパクリと食べた。舌と指での愛撫にエリカは弱かった。まだ触れられていなかったほうの頂もすぐに硬くなり、より多くの快楽を拾おうとしていた。

ただ寝そべっているだけなのに、全身が熱く、息苦しい。甘噛みされて、舌で弄ばれると取れてしまわないか不安になる。けれどジンジンとしたなにかが身体の奥に溜まっていって、やめてほしくなかった。

「気持ちいい……、んっ、ん！」

「まだだ……」

ダリルの言うとおり。もっと先があることをエリカは知っている。この半年のあいだに散々教わってきた。

ダリルがエリカの恥ずかしい場所を隠していたわずかな布地を取り払い、自らも服を脱ぎ捨てた。もう二人とも一糸まとわぬ姿だった。

エリカはダリルの裸体をあまり見たことがない。エリカだけを乱して、一方的に翻弄することが多かった。

普段は魔法の研究ばかりしていて身体を動かしている印象はないのに、適度に鍛えられた裸体にエリカは目を奪われた。

薄暗い室内でもくっきりとした陰影が浮き出る、たくましい身体だった。

見とれているうちに、ダリルは強引に脚のあいだに入り込む。それからエリカの片脚を拘束し折り曲げると、空いている手を伸ばし、そっと花園に触れた。

「あ、あ……あぁっ。ごめんなさい……」

エリカは咄嗟に謝罪の言葉を口にした。キスと胸へのいたずらでその場所は蜜をたらし、彼を求めていた。

ダリルのせいでこんな身体になってしまったのだとしても、自分が特別淫らだったらどうしようかとエリカはいつも不安になる。

慎ましい花びらを左右に開いて、ダリルの指が一本、エリカの中へ入ってきた。最初は入り口をほぐすように浅い部分ばかり丁寧に、次第に奥へと進んでいく。

「な、に……。あぁ、……うぅっ」

彼は今までエリカに何度も快楽を与えてくれたのに、膣の深い場所には一度も触れていなかった。男性の指は一本でも太く、知らない感覚にエリカは四肢を強ばらせた。

「力を抜いて、そんなに締めつけてはだめだ。……エリカは私を受け入れてくれるのだろう?」

ダリルの下腹部には美しい身体にふさわしくない恐ろしい部分がある。血管が浮き出ていて太く、今は硬くそそり立っている。指を一本受け入れただけでこんなに異物感があるのなら、本物を挿入されたらどうなるのか――想像できなかった。

「……い、いやぁ……、あぁ、指……」

「怖いか？」

彼の問いかけにハッとなる。ダリルはなんでもエリカを優先して我慢してしまう人だ。ここでエリカが拒絶したら、あれほど求めていたのに途中でやめてしまうかもしれないのだ。

「……違うの、ほしい……怖くない……」

エリカは大きく息を吸って呼吸を整えながら、彼に言われたとおりできるだけ身体の力を抜く。再び受け入れているものが蠢きはじめるとすぐに強ばり、その繰り返しだった。

それでも丁寧に抜き差しされていくうちに内壁に触れられる感覚にも慣れはじめる。わずかに余裕が生まれると、ダリルは指を二本に増やしたのだが――。

「これ以上は異物と認識されるらしいな」

パチン、となにかが弾けた衝撃のあと、ダリルの手が引き抜かれた。

「どうして⁉　もしかして『反射』ってダリルも対象になっているんですか？」

彼が指を引き抜いた――というより、なにかに阻まれた理由は、ほかに考えられない。

「あたりまえだ。……魔力を持っていない君にとって、最も危険な存在は私だからな」

チョーカーはダリルにしかはずせない。だからエリカはつけたままで初夜を迎えるしかなかったのだが、指二本の太さで異物と認定されるのなら身体を繋げるのは不可能だ。

チョーカーをはずすか、魔法の発動条件を変えればいいだけなのだが、彼はなかなか行動に移さない。

「いいことを思いついた。私を除外するのは仕方がないとしても、私の与えた痛みだけ『反射』させてしまおうか」

「だめ！」

エリカは必死に抗う。

「なぜだ？」

「魔法でごまかさないでほしいんです。……特別な痛みだから、痛くてもいいの……ダリルのすることは全部ちゃんと感じたい」

はじめて身体を繋げるときは痛いのだとエリカは知っている。ダリルは快楽だけを与えたいようだが、そんな甘やかしは必要ない。痛くても苦しくても、彼がくれるものはすべて受け取りたいとエリカは望んだ。

「私なら、いいのか……。わかった」

ダリルはチョーカーについている宝石にキスをした。一瞬だけ彼の魔力が放出され、鈍い光が放たれる。直後にチョーカーがするりとはずれる気配がした。

エリカは彼を引き寄せてキスをねだった。そっと唇が重なると、積極的に舌を口内へ差し入れて、絡めた。

ダリルは彼自身が危険な存在だと言った。エリカはそんなふうに彼が考えてしまうことが悲しかった。

確かにダリルはエリカを簡単に傷つけるだけの力を持っている。けれど、出会ってから今まで一度だって彼がエリカの身体を傷つけたことはないのだ。

（私は、そんなに弱くないのに……）

ダリルを恐れず、ただ愛おしいのだと伝えることだけが、彼の不安を取り払う方法になるはずだった。

「ん……、んん」

ダリルの指が再び花園の中心に触れた。もう一度蜜をまぶすようにゆっくりと浅い部分をまさぐって、グッと中へ押し入ってくる。今度はすぐに二本に増やされた。今までとは違う圧迫感に驚いて、エリカは喉を反らす。そのせいで唇が離れてしまった。

「ダ、リル……。ダリル……」

圧迫感と繊細な場所を探られる行為ではまだ快楽は得られない。油断すると「痛い」と叫んでしまいそうだ。だからエリカは彼の名を呼んで、自分をごまかした。

「ほら、力を抜いていなさい」

「で、できない……。勝手に、……あぁっ」

先ほどもそう言われたばかりなのに、どんどんと余裕がなくなってしまう。

足がガクガクと震え、受け入れている指を拒絶したかった。エリカの身体はダリルを異物として認識しているのだ。

「じゃあここは？」

ダリルは内壁にとどまる指をそのままに、親指の腹で花芽に触れた。

「あ、……あぁっ、な、に……やぁっ」

そこに触れられるとわかりやすい快楽が身体を駆け巡る。ダリルは内側にとどまる指をあまり動かさず、花芽を軽く擦り続けた。

「ここはいいだろう？」

「……あっ！　うぅっ、そこ……いぃ、の……すぐ、弾けてしまいそう……」

するとダリルはエリカの脚のあいだに顔を寄せ、花園へのキスをはじめた。

一気に猛烈な快楽が生まれた。同時にされると内壁を探られる感覚も少しずつ変わっていく。

「だ……だめ……っ、ダリル……これ、強すぎて……いつもと、違う……」

達した経験は何度もあるのに、なにかが違う。快楽と同時に別の感覚が込み上げてきている。こんなことははじめてで、どうしていいのかわからなかった。

「あぁっ！　そこ……さわっちゃ……っ」

指の腹がとくに敏感な場所を見つけてはそこばかりをいじる。切羽詰まったエリカはダリルの頭を手で押して必死に抵抗する。

彼は言葉と態度の両方でだめだと訴えているのに放してくれなかった。それどころか、舌と指を激しく動かして、無理矢理絶頂まで押し上げようとしていた。

「もう達く……、あぁ、ああっ、あぁぁっ！　んん――！」

背中を反らし足に力を込めた瞬間、エリカの中で快楽が弾け、同時に淫水が噴き出した。

「や、やだ……あぁっ、ごめんなさい……、あぁ。止まらない……の、うぅっ、うっ」

ダリルの顔やシーツに水が飛び散っているのがわかっても、どうにもできなかった。

自分でも信じたくない痴態を晒し、ダリルを穢してしまった。エリカは謝罪の言葉を口にしながら嗚咽を漏らす。身体が痙攣し、思いどおりに動かない。快楽と羞恥心がエリカの心をめちゃくちゃにかき乱して壊れる寸前に追い込んでいた。

「はぁ、はぁ。……だめって言ったのに！　ダリルが……」

少し落ち着いてくると、エリカの羞恥心は怒りに変化した。本気で嫌がっていたのにダリルが聞いてくれなかったのだ。エリカはなにか拭うものを探したくて、身を起こそうとした。けれど、ダリルがそれを許してくれなかった。顔や髪を濡らしたまま、エリカの内股にキスをして、あろうことか水滴を舐め取っていく。

「なに……して……。やだ、ダリル……ダリル！」

「感じすぎて、潮を噴いただけだから気にする必要はない。粗相をしたわけではないよ。……ただ、可愛いだけだ」

潮というのがエリカにはよくわからないが、本当に気にする必要はないのだろうか。理解できない事態にエリカはついていけなかった。

わからないからこそ、ダリルの言葉がすべてになってしまう。

「でも。……あぁっ、ん。……シーツ、が……」

「替えても無駄だ。いいから、エリカは気持ちよくなることだけを考えていろ。おかしな部分があれば、私がそう言うから」

再び、ダリルの指がエリカの深い部分を探り出す。触れられている場所が妙に熱くて、一度達する前と明らかに違っていた。抜き差しされるたびに水音が響いて、それが全部自分の中から溢れているものだとは信じたくなかった。ダリルを求めている証ならばいいけれど、ただ快楽をほしがって濡らしているのなら強く否定したかった。

長い時間をかけて、ダリルは狭い蜜道をほぐしていった。

エリカは繋がる前から息も絶え絶えで、まともに思考が働かなくなっている。

もう十分だから繋がりたい――エリカのほうから懇願し、三度目の願いでようやく彼は聞き入れてくれた。

「すまない……。痛みを与えてしまう」

エリカは手を伸ばし、ダリルの頬にそっと触れ、笑ってみせた。

「嬉しいです。だって、やっとダリルの花嫁になれるから」

蜜口に硬いものがあてがわれている。平気なふりをして自分をごまかそうとしても、直前になると恐ろしかった。ギュッと目をつむってダリルの背中に手を回し彼のすることを肯定し続ける。

「エリカ」

名を呼ぶ声が優しかった。相反して、あてがわれた剛直を押し進める動きは強引だ。指で慣らされていても、ダリルのものはそれより太くて長い。ミチミチと隘路が開かれて、猛烈な圧迫感がエリカを襲う。

「……あぁっ、あ……！　痛い……です。……でも、幸せなの……」

時間をかけず、ダリルは根元まで腰を進めた。じっとしているだけでも膣がヒクついて、収斂するたびにダリルの存在を感じた。力を抜いていたほうがいいとわかっていても、エリカにはうまく自分を律することができなかった。

「ゆっくりするから、……耐えろ……」

ダリルが抽送をはじめる。

「は、い……。うっ、あ……」

わずかでも動かれると内壁が引きつって、悲鳴を上げそうになる。

痛みがあったのは貫かれた最初のうちだけだ。今は、狭い場所を無理矢理押し広げられている異物感がエリカを苛んでいた。

すると突然、動きが止まった。

「やはり傷つけたか」

わずかに身を起こしたダリルが、結合部に視線を落としてつぶやいた。エリカからはよく見えないが、出血があったのだろう。それは純潔をダリルに捧げた証なのだから、彼が気にする必要はないというのに。たったそれだけのことで、ダリルは迷子の子供みたいな顔をする。

エリカにだけどこまでも優しい彼だから、今夜はここまでにすると言い出しかねない。

「ずっと、こうしてもらいたかったんです……、もっとして……」

エリカは両手を広げて、もう一度抱きしめてほしいと催促をした。ダリルは軽いキスをしながら腰を揺らしはじめた。

優しいキスは安心できる。丁寧に進められたら、だんだんと抵抗がなくなって、身体がふわふわとしてくる。

「……んっ、ん……ダリル……。激しくても、もう……平気です……」

奥を突かれると苦しくて呼吸が止まりそうだったのに、彼が引いていくとせつなくなる。すぐに戻ってきてほしいと願いはじめた。

なによりも、しっとりと汗をかきながら自制しようとしているダリルが愛おしく、彼の欲望を受け入れたいと感じた。

「だめだ……、我慢できなくなる」

ダリルは首を横に振る。まるで自分に言い聞かせているようだ。

「だめじゃないです……、激しく……して、いいの……」

「くっ！」

ズン、と一際強く奥が穿（うが）たれたのが合図だった。急に抽送が激しくなる。